花の香りで眠れない

フマユン・アザド
鈴木喜久子訳

てらいんく

花の香りで眠れない

花の香りで眠れない

父ちゃんの思い出

ジョドゥ・バブゥの屋敷地《やしき》

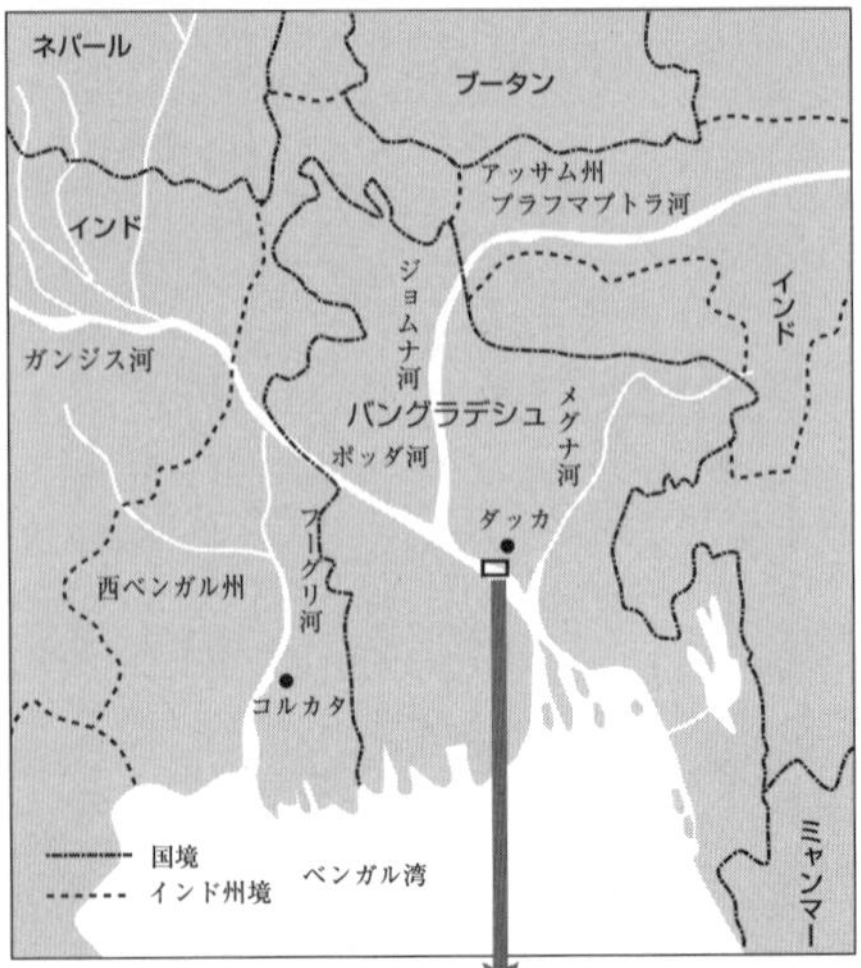
ネパール
ブータン
アッサム州
ブラフマプトラ河
インド
ジョムナ河
インド
ガンジス河
バングラデシュ
メグナ河
ポッダ河
ダッカ
フーグリ河
西ベンガル州
コルカタ
国境
インド州境
ベンガル湾
ミャンマー

ラリカルとその周辺

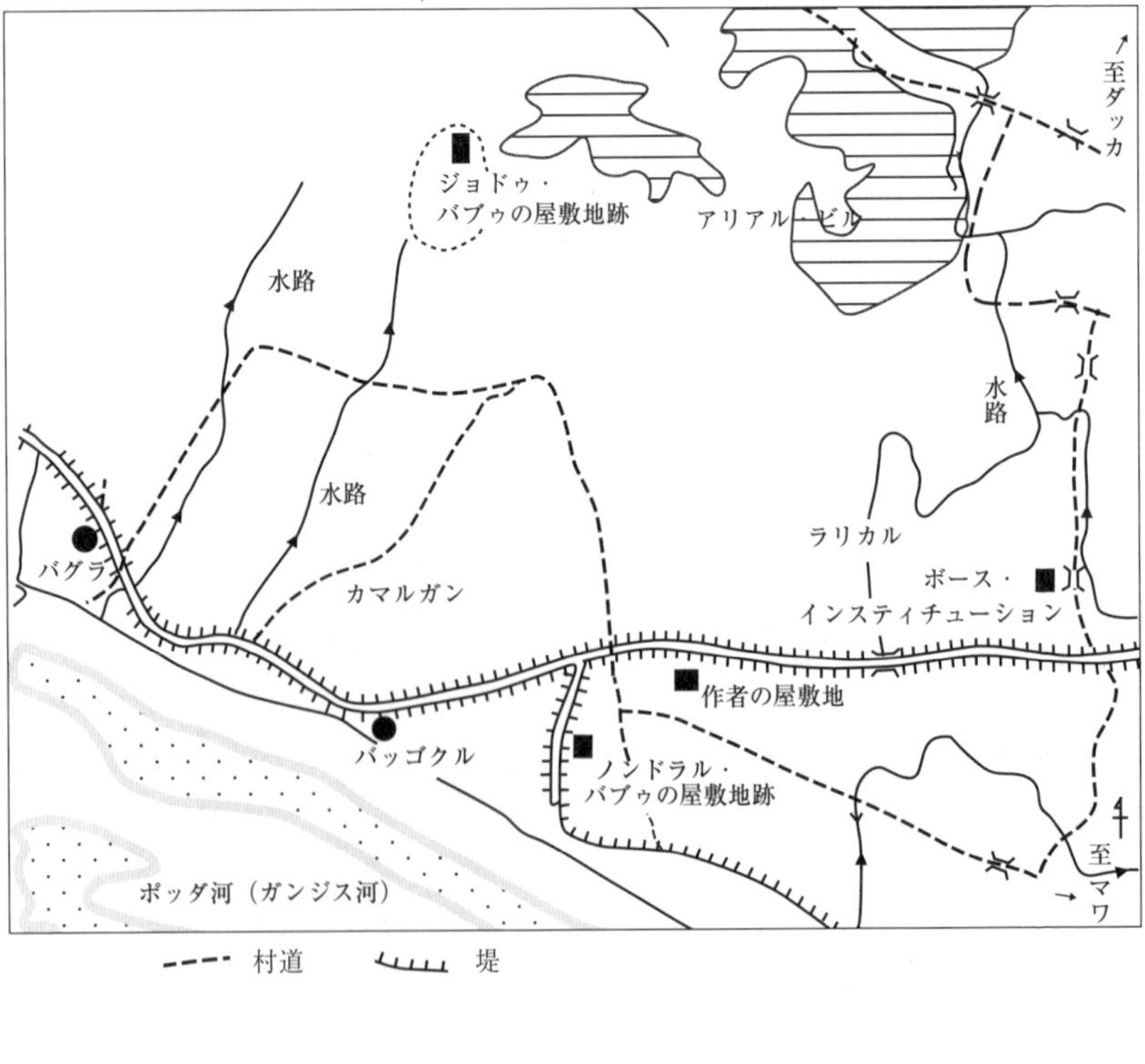
至ダッカ
ジョドゥ・
バブゥの屋敷地跡
アリアル・ビル
水路
水路
水路
バグラ
ラリカル
ボース・
インスティチューション
カマルガン
作者の屋敷地
バッゴクル
ノンドラル・
バブゥの屋敷地跡
至マワ
ポッダ河（ガンジス河）
村道
堤

花の香りで眠れない

花の香り

モウリ、お聞き。わたしもおまえのように幼かったときがあった。田舎にいた。村に。そこでは緑や青になったり、長くなったり、曲がったりする雲がかかったものだ。睡蓮《すいれん》が咲いた。夜には月が昇って、白い風船のように揺れていたものだ。ケジュル（サトウナツメヤシ）の枝のずっと上でね。

そこは一方に池、一方に家屋敷《いえやしき》があった。少し離れた野原には、稲《いね》の青々した苗と、カボチャの黄色い花がいっぱい。一本の水路が池から出ているが、そこではプンティ（コイ科の小さい魚）がとびはねたり、コルショ（ベロンティア科の魚）が群れをなしながら、沼地《ぬまち》へと泳いでいったりした。その上に木の橋が一つ―ゆらゆらして、その下の水面に橋の影がちらちら映っていた。それがわたしの田舎だ。その村に―古い昔の詩みたいだが、あの邑《むら》に、二十年前、わたしはいたのだ。

ボイシャク月（四月半ばから五月半ば。夏）の陽光の中、シャングン月（スラボン月。七月半ばから八月半ば。雨季）の雲、アッシン月（九月半ばから十月半ば。秋）の白い月光がまき散らされる中、そしてマグ月（一月半ばから二月半ば。冬）の露《つゆ》をもたらす風や空気の中に。

ある日、わたしはカボチャの花を忘れ、ラウ（ユウガオ）の巻きひげの手招きにそっぽを向いて、月に背を向け、都会に出てしまった―ダッカに。そこでおまえが最初の産声《うぶごえ》を上げたのだよ。おまえは見たことがないだろう、空にどうやって雲が生まれ、ざくろの花がどんなにたくさんの色に変化してゆくか。カワセミが池の空にきらきらと北極星のように輝くのがどんなものか。その赤い刀のようなくちばしがパブダ（ナマズ科の魚）の赤い心臓を射抜くのだ。そう、おまえは見たことがないんだね。

　おまえは知らないし、これからもまずわかるまい。あの竹を組んだゆらゆらする橋[*1]に乗って、黒い水を眺《なが》めていると、どんな気分になるか。おまえときたら、ほんとの露《つゆ》を見たことがないし、霧も見たことがない。ホテイアオイも知らない。稲穂《いなほ》をテレビで見て、タカを本の写真で見ている。導管を伝ってぽとぽとケジュルの樹液が滴《しただ》り落ちるのも実際に見ていない。池の魚が跳《は》ねる光景も見ていない。激しく上下する波にまともに向かっているとどんな気持ちになるか、一羽の鳥の後ろを追いかけているうちに朝が昼へと運《めぐ》ってゆくのがどんなものか、知らないだろう。

　わたしは知っている。いや、昔のわたしは知っていたというべきだね。今、わたしは都市にしがみついている。わたしの足の下は固いコンクリート、目にはネオンの光、周囲はガンガン、トラックの騒音《そうおん》。なんて長いこと、わたしはおまえと同様、月を見なくなったことだろう。いったい都市に月は昇るのだろうか？　あの牛乳の薄い膜《まく》のような霧が下りるのを見ていないし、ポッダ河（パドマ河）の岸辺で真っ白に輝くカーシュの花（尾花の一種）が白い雲のようだった風景を見ることもない。どんなに長いこと見ていないだろう、稲《いね》の穂波、星の群れ。それでもわたしが歩いているとき、午後にぶらぶら散歩し、本を読み、寝床につこうとするとき、夢で見たことを思い出しながら創作するとき、そんなとき、わたしは花の香りを覚える。わたしの村の花。わたしが幼いときを過ごした田舎。ラリカル。その香りが、わたしの血に潜んでいる。わたしの肉に、夢に、そしてすべてが——脈絡《みゃくらく》なく——錯綜《さくそう》する。その香りこそわたしにとって地上のもっともすばらしい香りなのだ。

　わたしの鼻元に来てしのびこむ黄色いライムの香り。二十年前のカマルガン村にあったライムの木の根元からの香り。池の縁辺に、ライムの木の根元に、枝々に蛍《ほたる》の光。きらりとポッダ河の白い魚イリシュ（ニシン科の魚。バングラデシュの国魚）が光る。一匹の白い魚ショルプンティ（コイ科の魚）がうちの屋敷《やしき》の東側の池で跳《は》ね上がった。稲《いね》の穂波《ほなみ》の先まで飛び上がり、風に乗って、月のように再び水に沈んだ。

　もしこの地上でもっとも美しい光景は何かと聞かれたら、小さいときに見たあの白いショルプンティの跳《と》ぶ姿こそ、もっとも美しいと答えるね。それはわたしの目の前で静止したままだ。映画の中の気に入った場面が後になってもずっと静止して残っているようにね。

　ポウシュ月（十二月半ばから一月半ば）のにおいがする——ケジュルの木の導管を伝って黄金の樹液が流れるように。母さんがピタ[*2]を作っているんだ。米の粉が、かあさんの指にかかれば、とってもきれいに、また甘く仕上げられてしまう。夕方になってから土のかまどでマンゴーの木を燃やす。まるで数えきれないバラの花が、かまどの中で赤く花開いたようだった。

　カラシナの花で畑は一面に黄色くなり、風にその黄色の波が戯《たわむ》れていた。

ショーショーと熱気をはらんで、気短かなボイシャク月の夏が来れば北西の隅《すみ》からいっぱいにわき出る恐ろしい雲と風。ただショーショーという音。牛飼いとその牛の群れが走り、トタンとムリ竹の小屋がぶるぶる震えた。

こうしたすべてのにおいがする。音が聞こえる。顔かたちが見える。その顔かたちをわたしは二十年の間、見ていないのだ。

そのにおい、その音、その顔かたちの華《はな》やかさにわたしは眠れない。夢の中でもわたしは目覚めている—北極星のような一羽のカワセミが空から東の池に降り立ち、その赤いくちばしには血がついたパブダ（ナマズ科の魚）があった。うとうとしていると戻ってきたのだ、次々と。わらの金色が野原のあちこちに散らばって見える。黒牛がモウモウと北の野原で呼び交《か》わしている。あの雄牛のいななきは二十年を経て、湿地を抜け、野原を踏《ふ》み越え、覆《おお》いかぶさる。この国の都市に。そしてダッカのすべてのれんがの建物に、すべての幹線道路に、モスクの塔《とう》という塔に、居間に、響いている。モ・オ・オ！　ナス畑の中でいなないているように。

一人の人が歩いて去ってゆく。服をまとわず、身につけているのは一枚の破れた腰巻きのみ。寒いマグ月（一月半ばから二月半ば）の明け方に彼は歩いて去ってゆく。彼の背中はふくれていて、ジュートの綱のような血管が見えた。わたしの小さな舟は漂っていた。つないでおくことをいつも忘れた。遠くまでは行かない。ちょっとむっとして、唇《くちびる》を膨《ふく》らまし、池の真ん中の水草に引っかかっている。ずっと引っかかっているだろう。わたしが泳いでそのそばに行かないかぎり。これから話すことはみんなわたしの田舎の話だ。そのいくらかをおまえに聞かせよう。この都会っ子モウリに。おまえは村というものを知らないし、葉という葉に下りた夜露《よつゆ》を見ていないものね。

池にランプの輝き

うちの屋敷《やしき》地は池で囲まれている。その足元は踊りの鈴輪が鳴るように、いつも水がジンジンとさざめいている。

幼いわたしはぞくぞくした―母さんの言うことを守らず、ある日、池の縁に歩いていって座った。池を見つめながら思った。池には何百ものランプがともっている―シャンデリアが。その池はとても大きく、水がきらきらと輝いていた。その真ん中に緑のホテイアオイが群生していて、花が咲いていた。これほど美しい花をほかに知らない。みんなバラが大好きだ。バラはとても有名な花だ。しかし、わたしの目にはホテイアオイの花こそ地上でもっとも美しい花に映る。世界でもっとも光り輝く花に。

ホテイアオイの花はまるでシャンデリアだ。が、それはぶら下がっているのではない。頭をもたげて立ち、招いている。一つの大きな花茎を囲んでたくさんの花柄《かへい》が輝いているのだ。それぞれの花柄には今もよく覚えているのだが、五枚の花びらがついていた。四枚の花びらは紫《むらさき》色に縁取られ、真ん中の花びらは黄色と紫の仕様である。このようにたくさんの花柄にそれぞれ五枚の花びらをつけたホテイアオイ―ランタンが池に集まっている。花びらはまるでシルクで作られているようだ。密集したホテイアオイの花が池の中で開いてゆくにつれ、周囲が

照らし出されるようだ。池のシャンデリアだ、このホテイアオイは。

　わたしには今も、目を閉じれば、うちの池いっぱいに輝いていたホテイアオイのシャンデリアが見える。わたしの夢の中で、そのシャンデリアの輪が広がってゆく。池にあふれ、耕地にあふれ、低湿地にあふれる。すべての都市がホテイアオイのランタンで満ち、暗い地上が紫《むらさき》と黄色のシャンデリアであふれている。

　池がホテイアオイの灯明で輝いているように、土盛りの上では元気な若いラウ（ユウガオ）のつるが夢を見ている。雨季が終わったかなと思うころ、アッシン月あるいはカルティック月（九月半ばから十一月半ば）に、居住地の北に隣接した畑地[*3]に、かあさんはラウの種をまいた。わたしたちの村ではラウとは言わず、みんなコドゥ（葫蘆）と言う。種をまいた数日後に、もう数枚の葉が頭をもたげてくる。先端の巻きひげは延びる。白蛇のかま首のように。ラウのつるというつるは竹の棚の上をはう。その葉は緑、それも柔《やわ》らかい緑で、その先端は若々しく輝いている。いくつかは竹の棚から飛び出たいようだった—ずっと遠くまで行きたいと。しかし竹の棚のラウはそこから出られない—竹の棚という囲いの中で戯《たわむ》れていなければならないのだ。

　わたしはそれとは違うラウ、野心に満ちたラウを見たことがある。湿地帯に広がる畑へ行ったとき。畑にあって束縛《そくばく》されないラウの先端は畑を抜け、別の畑へ伝っていきたがるのだ。

　うちの屋敷《やしき》地の北側はアリアル・ビルだ。そこにたくさんのあぜがある。あぜは微高地になっている—かなり細長く、周囲の地面よりやや高い。低湿地の水が減少すると、水の中からそのあぜが出てくるのだ。あぜにはコショウ、ラウ、カボチャ、トマトの種がまかれる。

数か月間、あぜは緑に覆《おお》われる。コショウの軽くほっそりした苗が頭をもたげる、頭に小さな緑の葉をのせて。大きな葉をつけるころになると、ラウとカボチャの苗木は緑に覆われる。びっしりと縫《ぬ》い取りしたような葉と、枝どうしが絡《から》み合ってトマトの苗木は大きくなる。同じあぜで生まれても苗木たちの夢はさまざま。その性格もさまざまだ。みんな緑で、花を咲かせ、実をつけるのに、そのあるものは空の夢を、あるものは地の果てを、あるものは玉座を夢見る。

ほとんどの苗木が空の夢を見るが、ラウの先端は地の果てを夢見る。幼いときにいちど、低湿地にあるうちの畑へ行ったことがある。コショウの苗がそよそよとなびき、トマトの苗がざわざわしていた。カボチャの葉の緑がものうげなのを見てから、ラウのつるの中に行きあたった。ラウの葉は美しく輝いていた。ラウの先端のいくつかがうちのあぜを抜け、そばの乾きった水路を抜け、西の雑草が生えた農地に下りていた。さらに遠くへ行きたがっているかのように。遠くへ、さらに遠くへ。西には青い雲のある地平線が草や地面、水に触れているが、ラウのつるの先はそこへ行こうとしているかのようだった。どうしてそんなに遠くまで行きたがるのか？　ラウのつるは河か？

わたしは思う、ずっとずっと昔、このラウが最初に芽を出したとき、その勢いのあまり狂気《きょうき》をなすといわれる大河の岸辺に芽生えたのではないか？　大河を見ながら、うねりを覚えたのだ。その野心を見せつけられたのだ、遠くさらに遠くへ、地の果てまで行く夢を。今、ラウのつるはその先端を延ばし、あぜを抜け、冠《かんむり》を地平線の方まで延ばしている。草の上に長く延びる緑の野心にみちたつるは、あくことなく、はるか遠くを渇望する夢を広げている。

ケジュルの枝に白い風船が

バッゴクルの大市でわたしは五つの風船を買ってきた。赤、青、黄色、緑、そして白。パヌねえさんの髪のピンに触れて、赤い風船は破裂《はれつ》した。青い風船の糸はとても長かった。ゆらゆらと上って、ケジュルの枝に引っかかってしまった。ケジュルのとげにそれは引っかかっていた。黄色い風船は遊んでいたときに、わたしが破裂させてしまった。白い風船は走っているうちにどっかへいってしまった。夕方、緑の風船だけを胸に抱えて家に戻ってきた。

その日の夕方、空気は甘くあたりを包んでいた。周囲で樹液を煮立てているにおいがする。明け方、樹液採集人が来た。その樹液採集人がうちのケジュルの木から樹液を下ろしたのだった。お菓子を作るために、母さんはその樹液をつぼ三つにためた。そのあと、朝から大なべに入れて樹液を煮ている。風が樹液のにおいを運んでくる。夕方には風を吸いこんだだけで甘く感じるほどだ。

それはポウシュ月（十二月半ばから一月半ば）のことだったのだろうか？ 霧がカーシュのように下りてきていた。庭に据《す》えたかまどで樹液を煮ながら、かあさん、パヌねえさん、それにヌルのかあさんがピタを作っている。胸の中には風船を破裂させてしまった悔しさが残り、思い切りがつかずにいる。長いため息をつく。それでもベンガル語の本、英語の本を読まねばならない。

外にはベルベットのような月光、周囲には樹液のにおい、胸のうちになくしてしまった風船への尽《つ》きぬ哀惜《あいせき》。わたしは行きたくてたまらない。悩《なや》ましく燃え盛るかまどの縁に。そこにはねえさんの指で米粉のかたまりが麗《うるわ》しい形に仕上げられている。摘《つ》み取られたココナッツがかあさんの手によって甘くなった。それになんという月光！　わたしは本を閉じ、ノートをせいとんして、お菓子作りの達人たちのそばにそっとくっついて座った。

　ポウシュ月と霧の中、かまどのそばにいるのはなんて幸せなんだろう！　そのとき、周囲は糖みつの甘い香り、ココナッツの芳香、濃《こ》い乳香と、その味で充満する。そしてかまどの中は豪華《ごうか》に燃えている。何万本ものバラが咲いたのか？　火炎《かえん》樹の園が真っ赤になったのか？　いや、かまどの中はすばらしいにおいを発しながらマンゴーの木の塊がぼうぼう燃えているのだ。その破片《はへん》は巨大で高価なダイヤモンドのように炎《ほのお》を上げている。これまで見たことがないほどの華《はな》やかさ、繁栄《はんえい》が一堂に集まっている。どうやってあの豪華な繁栄を味わうべきか。それに触れることはできない。抱き取ることはできない。舌でなめることはできない。心の中でなめ、触れてみた。その炎を上げているダイヤモンドの破片を。夕暮れから真っ暗になるまでいた。

　霧が下りてきた。あるときは厚く、おごそかに、絹のように。その内部から白いモスリンのように光がまき散らされた。ナス畑の根元のひとかたまりの緑のやみの上に集まる月光、家が作り出すいろいろな影が揺れる。夢のような光の中で。少し離れて一本のケジュルの木が立っているが、その上の方で土なべが揺れている。その土なべを下ろしてきて、グラスになみなみとこの夕方の甘い情景を飲めたらとばかり思っていた。

かあさんがお話をする。母さんのそのまた母さんがしてくれた話―どのようにしておばあちゃんが焼いたピタを作ったか。わたしは立ち上がってケジュルの木に近寄っていった―月光の中にわたし。みんな月光の中。地上、人、お菓子、樹液、そしておとぎばなし。

その木の下に来てすぐ気がついた。ケジュルの木のてっぺんの枝にわたしがなくした白い風船、風船のような白い月がかかっていた。月を見てわたしのあの軽くて薄い白い風船だと思った。その糸がケジュルの木に掛《か》かっている。少し上になり、いちどこっちに来て、また再びあちらにと、その月は揺れていた。やはりあのなくした風船だった。それをわたしは夕方前、いつの間にか、失ってしまっていたのだった。その悲しみでわたしはすっかりまいっていたのに、それはケジュルの木の枝に引っかかって揺れていたのだ。その風船から光がまかれていた、母さんの白いサリーのように。パヌねえさんの唇《くちびる》に浮かんだ笑いのように。

今日も、空に月が昇った。まんまるの月が昇ると、わたしは幼な子になって見つめる。ほら、わたしの風船が都市の空に揺れている、ベンガルの空に、灯《ひ》を消した地上のずっと上の暗い空から空へと揺れている。

どれだけの種類の月が昇ったことか、わたしの幼いときのラリカルに。雲でぼかされた空に、ちょうど樹液に浸《ひた》されたピタのような月が昇ったし、あるときは焼いて膨《ふく》らんだピタのような月が昇った。鏡のような月、花のような月が昇った。目のような月、顔のような月。今になって、あのころに見た月すべてをさがし求めている。

二人の兄弟

うちの村で三種類の人を見てきた。どこの村にも同じようにいるだろう。ラリカルにも、カマルガンにも、バッゴクルにも（P2地図参照）。そのうち、いちばん上の人たちは金持ちで、りっぱな家に住んでいる。彼らは見るからにとてもきれいで、その子どもたちもきれいだ。かれらのルンギ〔腰巻様の着衣〕もきれいで、上着もりっぱだ。こうした人たちは何の労働もせずに、村を支配している。

そう、何の仕事もしない。この種の人たちは野良《のら》仕事をしないし、魚を捕まえない。だれにもあいさつをしない。ほかの人たちのほうからあいさつするだけ。とってもきれいな上着を着、十時ごろになると、使用人を引き連れて市場へ行く。道はいちばん平らなところを歩き、途中、あちこちからあいさつされる。みんな、こうした人たちを恐れている。

その次の人たちはそれほど金持ちではない。だから野で働き、稲《いね》を栽培《さいばい》する。しかしいつも金持ちたちの後ろをついて歩く。村の人たちはこの人たちをもとても恐れている。なぜなら、この人たちはいろいろなもめごとがあるとすぐ、純朴《じゅんぼく》な人たちを追い出すからだ。

そして村にはいちばん下の人がいる。彼らは貧しく、ひねもす仕事ばかりしている。牛を連れて野原へ行き、稲を育て、冷たい水に入って魚を取る。頭に草をのせて運ぶ。

彼らは人と話す以上に牛や子牛、田の稲《いね》、草、たまねぎと話をする。だれもこの人たちにあいさつしない。恐れていないから。この人たちのほうからみんなにあいさつをするのだ。

上の人たちに魅力《みりょく》を感じたことはない。わたしが引きつけられたのは、その下の人たちだ。わたしたちの村に、二人の兄弟がいた。みんなが二人をモナとバレクと呼んでいた。この二人の兄弟を見ると、まさに村だと感じたものだ。うちの池、その魚、湿地の水草、そしてカボチャのつるや葉に、とてもよく調和していたから。美しく、驚くほどに。

この二人の兄弟が上半身に衣《ころも》を着けているのはついぞお目にかかったことがない。ズボン姿も見たことがない。ルンギでさえ、お偉《えら》いさんが着けているような地面にふれるほど長いものではない。

彼らはガムチャ（手ぬぐい）を首にかけている。ルンギを着けても、いつもはしょっている。兄はモナ、正式にはおそらくモンナフであろう。しかしだれもそうは呼ばない。もしかしたら自分でも正式名を知らないのではないか。

マグ月のある朝方、モンナフを見かけたことがある。日光浴のためにうちの東の池の縁に座っていたら、その氷のように冷たい水に一人潜って、魚を取っている人がいることに気がついたのだ。

その人は潜っては、魚を取って出てきた。ロエナ、プンティ、タンラ（ギギ科の魚）を。一度、浮かび上がって、大きく息をした。手に一匹の小さいシング（トカゲハダカ科の魚）をつかんでいた。ほそ長く小さいシング魚は、シング虫とも言われている。その魚たちは小さいが、刺して傷つけることがあるのだ。蛇の毒のように、そのとげに毒をもっている。その幼魚が刺したのだ。その人は池から縁に上がった。毒のある木の枝を一本折って、シング魚が刺した指にはげしく打ち付けた。そのあと、再び魚を取りに潜った。

わたしは見ていた、その石のような頑強《がんきょう》さ、あざなったジュートの綱のように腕と背中に浮いて見える血管。そのあとも、彼とその弟を何度も見た。あるときは一〇〜一二頭の牛を連れて湿地へ行くところだった。あるときは頭に水草を乗せてきた。あるときは鎌《かま》を手に、野原へ向かっていた。あるときは大きなスキを肩《かた》にして戻ってくるときだった。

あの二人の兄弟は、地球が回っていること、地球に都市があって、都市には大通りがあるということを知っていたのだろうか？　彼らは村から三マイル以上遠くへ行ったことはない。湿地帯の向こうも地上だとは思っていない。稲《いね》の苗より美しいものはないと思っている。うちの村の連中が皆《みな》、都市のほうを向いてそわそわしていても、二人は都市へ行こうとはせず、都市からも二人の家に来る人はいない。あの湿地帯の稲田《いなだ》、あのカボチャが生育する耕地こそ、彼ら二人の兄弟の都なのだ。だから毎日明け方に行き、午後に戻ってくる。今日もおそらく彼らは同じように行き、また戻ってくるだろう。

池の大掃除

うちの東の池はまわりの村の人たちに人気があった。魚が取れるのだ。北に南に、東に西に、一枚の巨大なしんちゅうのお皿のような池が広がっている。水はそれほど多くない。マグ月（一月半ばから二月半ば）にのど元までの水があり、胸元まで魚が来る。ルイ（コイ科）、ボアル（イワトコナマズ科に近い）、ショールとゴザル（いずれもタイワンドジョウ科）、ノラとシヨルプンティ、アイル（ギギ科）、バイン（トゲウナギ科）、シング、プンティ、タンラ（ギギ科）、マグル（ヒレナマズ科）といった魚が池にいっぱいいる。

池には、ホテイアオイ、水草を囲ったさく、カーシュの茂《しげ》みが広がっている。魚を取るのはカルティック月（十月半ばから十一月半ば）から。振《ふ》り網を持って捕まえる者もいれば、伏《ふ》せかご（鶏《にわとり》などを捕まえるときに使うようなかご）で取る者もいる。素手に土器（ゴパ）だけの場合は潜って捕獲《ほかく》する。池に潜る目的はゴパいっぱいの魚を持って上がってくることだ。素手で魚を取るために、ゆっくり、ゆっくりと池のやわらかい土の上をはう。その手元に大きなプンティ魚、シング、ボエナそしてバイン魚が来て、触れる。バイン（トゲウナギ科）となると素手ではつかめない。つかむと、へそのところにあるするどいとげで手を刺して逃げるからだ。そこでバイン魚を取るには、布で包むか、釣《つ》りばりで釣るか、傘《かさ》の骨で作ったやすで引っかける。

いちばんおもしろいのはロエナ魚を捕ることだ。ふくらんだピタのだんごのように手に落ちてきて、騒《さわ》がない、まるで眠りこけているようだ。

水面下で光っているショルプンティ魚。だれがその名を付けたんだろう。ちょうど牛乳の薄い膜《まく》（ショル）で作ったような、輝くような白さ。ショルプンティ魚というと肉の詩が思い浮かぶ。ともかく手探りで魚を取るのはおもしろい。魚たちとお互いに触れ合う関係になる。

竹網で捕まえるのもまたおもしろい。三角形を作り、それに網を張る。その竹網を二人で押しながら前方に進め、池の縁まで来て、水に触れているやぶの中に追いこむ。

この竹網を使って捕まえるのはショルプンティ、プンティ、コイ、そしてノラ魚。手で魚を捕り、土器のゴパに入れておくのはとても愉快《ゆかい》なものだ。

振《ふ》り網で魚を捕るのは舟の上から。舟で池の魚の集まっているところへ行き、振り網を投げる。投げ落とすと網は円形になる。大きな魚が入ると網が締《し》めつけられる。ゆっくりと網が上げられる。

十月半ばからうちの池では魚を取っていた。が、いっこうに減らなかった。三月半ばになれば水は少なくなるが、魚はまだたくさんいる。かなり大きな魚たちがカーシュの茂《しげ》み、ホテイアオイの根元に潜んでいる。

三月半ばのチョイットロ月に日を決めて、人が池に入る。入るその日には、うちの村と、となりの村から人がやって来て、池の縁に集まる。たいていの人は肩《かた》にムリ竹のかご、ある者は竹網を持っている。

いっせいに池のホテイアオイを除き始める。歓声を上げながらみんなしてホテイアオイを取っていく。池の縁にホテイアオイの山が築かれる。ホテイアオイを除いていると、ルイ魚やノラ魚が取れることもある。

ホテイアオイがすっかり除かれた後で、みんな一列になって、池の一か所に集まる。そのあと、伏《ふ》せかごを置き始める。一列になって水中に伏せかごを置きながら進んでいく。周囲で子どもたちが歓声を上げる。頭上をタカがゆうゆうと飛んでいる。だれかの伏せかごにルイ魚がはまり、あるところではボアル魚がはまる。あるところでノラ魚。伏せかごに魚がはまるとすぐ音がするので、その持ち主は手を入れてつかむのだ。それから腰につないだびくに投げ入れる。

伏せかごを置く仕事はさらに続いていく。池のこっちの岸からあっちの岸、再びあっちの岸からこっちの岸へと。音が上がる、ショプショプ。叫び声と歓声が上がる。池の中から、その周囲から。魚取りが続く。水草の茂《しげ》みの暗やみに隠れていた魚がはまる。カーシュの固い豪華《ごうか》なカバーの中で眠っていたルイ魚、それもびくにつながれる。一時間、二時間、三時間かけ、一列に伏せかごを置く作業が続く。一人一人の腰のびくに跳《は》ねているのは、ルイ、ボアル、ノラ、ショルポンティ、アイル魚。

昼下がりになり、太陽がかなり西の位置になったころには、人々は池からすでに上がっている。池にはもう魚の金色に輝くすがたはなく、大勢の人の伏せかごにはまってしまった。やがてみんなそれぞれ家路をたどる。肩《かた》にかついだ口を上にした伏せかごの中に魚が数珠《じゅず》つなぎになっている。

　みんな去ってしまった。うちの東の池の透明《とうめい》だった水は濁っている。池を見ていたら、たまらなく悲しくなった。すっかり濁った水は音もなく、そよぎもしない。静止したままだ。ちぎれたホテイアオイが浮かんでいる。あちこちに散乱して。泣いているようだ。泥水《どろみず》に浮かぶホテイアオイの情景がわたしの目から離れない。

　この都会で、都会というものをわたしは濁った水の池のようだと思っていたが、ものうげに疲れ、髪を乱れ放題にして、孤独《こどく》にさまよっている人を見ると、池の大掃除のあと、濁った水にちぎれたホテイアオイが浮かんでいたあの光景を思い出す。そして、このホテイアオイのような人たちを、わたしはあの七一年、三月二十七日に見たのだ。二十五日の攻撃、そして二十六日の外出禁止令のあと、二十七日になってダッカの人たちは路上に出た。出歩き、恐怖を感じ、行く先もなく歩き回った、まさにあのときの光景[*4]と、うちの池を大掃除したあと、泥水に散乱して浮かんでいたあの踏《ふ》みにじられたホテイアオイの群れが重なるのだ。

トタン屋根に雨の音

わたしは眠れないことがよくあった。体はとても眠い。目はとても眠い。手足は眠くてたまらない。わたしの指、髪、神経、そして血は泥《どろ》のように眠りたがっている。しかし眠りにつこうとし、寝台に横たわり、明かりを消す、そんなとき、頭の中に眠りを妨害《ぼうがい》するものたちがいて、それが反乱を起こすのだ。頭の中に、あるときはサイほどの巨体が入りこんでいる。血の中で、マスケット銃《じゅう》についている毒を塗《ぬ》った剣の先がちくちくと刺す。爆弾を載せた飛行機がひとみに爆弾を落とす。一匹の虫が血管の中でジージー鳴いている。わたしは眠れない。

しかし幼かったころ、ラリカルにいたころ、自分が池ですいすい泳ぐ水鳥のようだったころ、東の池にすむショルプンティ魚、雨の滴《しずく》、カボチャのつる葉、夕方に見かけるナスの小花のようだったころ、眠りはこうではなかった。寝台に横たわるとすぐ、眠りと夢の貯水池に身を投じたものだ。

母さんはもうわたしを寝床で寝かしつけながらチョラ（韻律《いんりつ》を持った短い詩）を口ずさんでくれない。わたしのまくら元に座って母さんはもう、月光のようなおとぎ話を聞かせてくれない。わたしのもつれた髪の中で、今はもうあの魔術師《まじゅつし》のような指が夢を紡《つむ》ぎ出すことはない。では、わたしはどうすれば眠れるのだろう？　母さんの指が触れることがないと、わたしは千年の十倍もの間、起きたままだ。そのチョラ、そしておとぎ話がわたしのまくら元で響かなければ、百万年も起き続けるだろう。母さんの唇《くちびる》が少しも触れてくれないので、わたしはずっと起き続けているだろう。

わたしにある人が、イギリスで伝えられているという眠れるひけつを教えてくれたことがある。眠れないときには、目を閉じて、真っ白い羊をかぞえていてごらん―いっぴき…にひき…ひゃっぴき…、そうするといつの間にかまぶたが自然に下がり、眠ってしまうよ、と言うのだ。このイギリスの言い伝えはわたしにとって、何の効きめもなかった。わたしは羊がどんどん増えてくる幻想《げんそう》にとらわれ、ぐっしょり汗《あせ》をかいていた。たくさんの羊がわたしの目の前に次々に現れ、どこかの谷や河岸、どこか緑の草が生える国へと、走っていった。わたしは寝台にいながら、疲れ切った牛飼いのようになってしまい、眠るどころでなくなってしまったのだ。

ある晩、突然、母さんのお祈りや、母さんのチョラ、おとぎ話を紡《つむ》ぎ出す指先、キスのように、自分で眠らせる方法を思いついた。寝台に身を投げ出すとすぐに、わたしがうちの敷地《しきち》内の北、トタン屋根[*5]の建物で寝ていると思えばよいのだ。トタン屋根の上に一本のケジュルの木の枝が張り出している。そしてもう一本、マンゴーの木がある。ちょっと離れたおじいさんのお墓の上のコリフルの木の茂《しげ》み。こんなときにスラボン月の厚い雲が出てきて―雨になる。わたしは一枚の刺し子の掛《か》け布を引きよせ、自分に掛けた。暑さでからだがほてっていた。

トタン屋根に雨の音がする、トタン屋根に雨の音がする。屋根を、雨に打たれたケジュルとマンゴーの木がたたいている。夢の中のように十方（八方と天と地）からすぐそばまで近づいてる音。地上の何よりも甘い音の転調、そのコンサートがわたしを取り囲んでいる。聞こえる、トタン屋根をたたく雨の音、トタン屋根の上の雨の音。屋根をたたいている、マンゴーとケジュルの木。その音色、振動《しんどう》を聴いているうちに、わたしは眠りにおちる。

今はもう、わたしは眠るのに苦労しなくなった。毎夜、寝台に体を横たえるとすぐに、自分が北にあるトタンの家屋にいると思いこませる。すると、雨季のスラボン月の雨が降り出す。トタン屋根に雨の音。屋根翼をたたいている。マンゴーとケジュルの木が。わたしは眠りに落ちる、この乾いた都市のれんが造りの建物の部屋で。

ほんとうに、毎晩、わたしはとあるトタン屋根の下で寝ているのだ。その屋根に雨の音。マンゴーとケジュルの木の枝が踊る。

村は眠り、都市は起きている、と言えよう。村で遅くまで起きている人はいない。ジャッカルや、つらい思いをしている母親以外は。昼寝にしても、ラリカルはなんて安らかだったんだろう、あの幼いころ。ながいこと昼寝をしたものだ、わたしたちの村のねばっこい土のように丸まって。刺し子の掛《か》け布が、細かく手のこんだ刺しゅうをほどこしたチャドル（かぶりもの）のようにわたしを包んでいた。夕方に起きて思ったものだ、今はもう朝なんだと。顔を洗わなくては、学校へ行かなくては。母さんは言った。「今は朝じゃないよ、もう夕方になるのよ」そのとき、思ったものだ、眠りから覚めたときが朝だ、いつ眠りから覚めようと。あんな朝、もう戻ってくるだろうか！

ケジュルの馬

小さいときは、この世は遊ぶために作られていると思ったものだ。すべてのものがいつも遊んでいる。波はもう一つの波と遊んでいる、池のあちこちで。バッタが遊んでいる、ナスの葉と。道の上で遊びながら、跳《は》ねながら、前へ進みながら、後ろに走りながら、遊んでいる白と赤のまだらの子牛。花が遊んでいる、葉が遊んでいる、空では雲と雲が遊びながら共に進んでゆく。遊ぶには相手と、ものがいる。

村で遊び相手を見つけるのはたやすい。遊び道具を手に入れるのは簡単ではないが。しかし遊びの喜びが心の中に芳香のように広がっているときには、すぐ遊び道具が見つかる。パヌねえさんの編みかごにはいろんな色のお嫁《よめ》さんやお婿《むこ》さんがつまっていた。当時はまだプラスチックがなかった。プラスチックのお嫁さんやお婿さんは見たことがなかった。パヌ姉さんと、その友達のプシュ、正しくはプシュポ姉さんがいろんな色の古い布地でできた人形を作っているのを見ていた。そのきれいなお人形を作るのにお金は全然かからない。ただ古い手織りのサリーと、輝くような色のサリーのボーダー（伝統的なサリーの布の両端は色糸の模様織がしてある）があればよい。古いサリーの布地と、糸にその指が触れ、お婿さんとお嫁さんができ上がるのを見て、幼いときはすっかりとりこになったものだった。

雨季が終わった。ダイヤが光っているような午後と、月光に満たされた秋が去った。露季《つゆき》（秋から冬になるまでの間）になってから数日たっていた。今まで水につかっていた表道に続く小道が出てくる。池には沼地《ぬまち》からの浮き草のかたまりが引きこんであり、魚があちらの池、こちらの池と跳《は》ねている。強い日ざしと輝きはかなり弱まってきていた。こうした時期の陽光は霧とも思える。農民たちは忙《いそが》しくハリをまく。ハリとは乾季に栽培《さいばい》されるボロ稲《いね》の種もみだ。ボロ稲の種もみを数日間、水に浸《ひた》しておく。発芽するとその種もみをはじく、ベットカバーのように美しく、肥沃《ひよく》な苗代に。そこに濃《こ》い緑の苗が出てくる。その苗を抜き、ボロ稲の田に移植する。

光が霧に変わってゆくこうした季節のある午後、例の人を見た。その人は走って小高い小道を乗り越え、舟で池を渡ってうちにやって来た。やせた、線の細いタイプの人だ。その腰には竹で作った長いかごが一つ結びつけてある。そのかごの中に炎《ほのお》のような鋭い手おのが入っている。

樹液採集人、樹液採集人が来たのだ。家じゅう喜びに輝いた。わたしより年長の一人が調子をつけてはやし始めた、「樹液採集人（ガーシ）さんよ、木（ガース）を切るんでないぞ」そのはやしことばで最後まではやして、わたしも彼をどれだけ困らせたか！ しかし樹液採集人は樹液のように甘い笑顔《えがお》で応じる。彼の家はポッダ河の向こう岸、中州にある。毎年、この時期に彼はわたしの村にやって来る。そしてとある古ぼけたわらぶき屋根の小屋に滞在《たいざい》する。彼は木を切る、ケジュルの木を。彼はケジュルの木をおので切ってまきにするのではない。手おのでケジュルの木に口を開け、その樹液を出すのだ。ケジュルの木に切りこみを入れるのは工芸をするようなもの、彫刻をするようなものだ。

まだ全然傷をつけていないケジュルの木はとても強壮《きょうそう》だ。頭はとげと鋭くて長い葉でいっぱいだ。樹齢《じゅれい》が若いうちは樹液を出さないが、樹液採集人はわかっている、何年たてば樹液が取れるか。樹液が取れるとわかった木の葉落としを樹液採集人は始める。鋭い手おので打ちこみ、たくさんの先端の枝葉を落としてしまうのだ。一時はその木は毛髪をきれいに抜かれた頭のようになってしまう。とてもお行儀《ぎょうぎ》よく見える。

そのときはまだ、ケジュルの木に何の表情もないが、そうした木に樹液採集人は表情を与える。彼の手おのは薄く、鋭くなっている。その手おのでゆっくりと木の一方の肉を切り取る。巨人の口のように木の口を開ける。樹液が滴《したた》り落ち始める。しかしその樹液があちこちにこぼれてしまっては意味がない。そこで導管を埋めこむ。

チクン竹を縦二つにしてナリ（導管）を作る。導管は竹でできているが、丸くはない。ノル（一本の管）を二つに縦割りにする。だからナリと言う。ナリは1ビゴト（親指の先から小指の先までの長さ）ほどの長さだ。一方を鋭利にカットして、ケジュルの木の口がくちばし状になるようさしこむ。

管をさしこんだケジュルの木は遠くから見ると、まるで緑の羽の冠《かんむり》をつけた背の高いアメリカ・インディアンがたばこをくわえているかのようだ。管を埋めこんだあと、ケジュルの木の口にしみ出る濃《こ》い樹液が管を伝ってぽとぽとと落ちてくる。樹液採集人は木の口のところに一個の土つぼを結びつけておく。ぽとぽととつぼに樹液が落ちてたまる。朝には土つぼの縁まであふれるほどの樹液が見られる。

ケジュルの木は毎年大きくなる。樹液採集人も毎年切りつける。しかし片方ばかり切りはしない。去年切ったところと反対側を切りつける。こうして数年たつと、ケジュルの木は二つの顔を持ったひょろ長い人間のようになる。空に向かって上ってゆく階段のようにも見える。後ろに段々、前にも段々と、階段のようにのびてゆく。その階段を伝って、樹液採集人は上る。木に切りつけ、また樹液を取る。朝方には樹液がたっぷりになり、火にかけていると、午後には樹液のあまりの甘い香りに、ポウシュ月とマグ月の冬の風をすすって飲みたくなるほどだ。

最初に樹液採集人が来て、うちの木の葉落としをしたこと、先端部分を切り落としたときのことをわたしがよく覚えているのは別の理由がある。樹液は今でも村へ行けば飲むことができる、あらわになった頭の髄《ずい》は見たければいつでも見ることができる。しかしわたしのケジュルの木馬を走らせることはもうできない。あの当時、わたしに馬が必要だったわけはないし、これからもない。必要だったのは、遊び道具だった。

樹液採集人が来て、葉落としをしていた日にちょうど、ホセン・ミヤさんが来たのだ。今、家は中州、クトゥブプルにあるが、幼いときうちで働いていた人だ。今、彼は成功し、里に自分の土地を持っている。稲《いね》がたくさん、サトウキビがたくさん、その土地に植わっているらしい。

毎年、うちに出向いてくる。うちのみんなが彼をミヤさんと呼ぶ。樹液採集人が来て、先端の葉を落とすと、ミヤさんはその中からきれいな葉柄《ようへい》を取り出した。わたしのためにおとぎ話にあるような羽のある木馬を一つ作ってくれたのだ。

人の手にかかってあるものが次第に別の物に変わってしまう。古い服が美しい女性の姿を取る。ただの土が、くじゃくのかたちのつぼになってしまう。このようにそれまでのものと別の形になり、それがもっときれいなものになるということに、幼いときのわたしはすっかり感嘆させられた。

ホセン・ミヤさんはケジュルの先端の葉柄《ようへい》、わたしの村の言葉で言えば、ダウッガを取り上げた。一本の小刀でこすって、小さい葉っぱを落としてしまう。前方をかなりとがらせ、そこに注意深く切りこみを入れ、馬の顔に作り上げていくのである。両側に刻みを入れる。ねえさんからラックの染料を少し恵んでもらい、目を作る。あちこちに色を付ける。一本のすてきな赤いロープを持ってきて、たづなを作る。舌と口蓋《こうがい》で音をさせる—ホット、ホットと。

ミヤさんは馬の後ろに乗ってみて、歩き始めた。それからわたしの手に渡してくれた。わたしは馬のしっぽの方に右手を、そして左手でたづなを持って、うちの母屋の裏を通って、外側にある屋敷《やしき》内の空き地を抜け、ザクロの木の根元を回って、ホット、ホットと、あるときは歩き、あるときはスキップしてイマームの馬ドゥルドゥル[*6]を走らせ始めた。その足音がうちの屋敷地の草むらいっぱいに響く。たづなを取っているのは一人の正統なる王子様。

今もわたしにはその馬が見える。そのたてがみの輝きがわたしの目にいっぱいになる。そしてこの地上の野原や舟着き場に満ちる。

甘いみつのようなご飯

わたしは飢《う》えたことがない。ご飯のうまみを感じたことがない。水を飲むことがどんな快感をもたらすのかについて、わたしはうまく言えない。それというのも、わたしはほんとうの飢えを味わっていないからだ。渇きを感じていないからだ。欲しければ、満天の星のように輝く皿いっぱいのご飯、陽光のようなスープ、ピタのような魚を手にできた。濃《こ》い月光のような牛乳。むしろこうした飲食からいつも何とか逃げようとしてきたと言ってよいだろう。でも逃げられなかった。木の食事用の台（食事のときにしゃがんでおしりを乗せる一人用の低い台）につかねばならない。だからわたしはご飯や魚、水のほんとの味を知らなかったのだ。

しかしうちで仕事をしていた少年、あの少年は知っていた。名をモトレブと言うが、みんながモトラと呼んでいた。彼はわたしに言ったものだ、「ご飯を食べるとみつのようですよ」

彼が手にできるのは通常、パンタご飯（一晩水につけておいたご飯）だった。彼はタマネギとカラシ油を混ぜたおかずに、ボンベイの黒こしょうをかけて食べる。彼がその大きなブリキのお皿にタマネギのおかずを混ぜると、カラシ油が絵の具のように指にまといついた。大きな手のひらでご飯を口に入れ、音をたてて食べる。その音が聞こえると、それがパンタご飯とはとうてい思えなかった。彼にとっては、ミツバチの巣から取ったばかりのみつを口にしているようなものだ。

　こんな具合にわたしたちの村の多くの人がご飯をみつのように食べていた。ほんとうの飢《う》えを知っていたから。飢えと食べ物本来の味を知らないのは数軒の家の人だけだ。船頭の家の人たちは知らなかったし、うちの人たちも知らなかった、弁護士の家の人たちも知らなかった。さらにもう数軒の家の人が知らない。そのほかの人は皆知っていた。飢えはわら屋根の家の火事より恐ろしい。ご飯とはみつのように甘みがあり、池の水より冷たいもの。

　わたしたちの国はいつも貧しい国だ。いつもこの国の大部分の人が食べられず、あるいはほとんど食べない状態で過ごしている。本には、この国は黄金の国とあった。この国は穀倉に稲《いね》が満ち、のどに歌が満ちていると。

　周囲を見回せば、おなかを膨《ふく》らませた飢えと、のどには泣き声が満ちていた。うちに来て、土のタラップの下で泣いていたダガとその兄、チタのように。

　彼らの正式名はだれも知らない。彼らは機織りでもジョラ[*7]とよばれていた。うちの村では、ジョラの家は村のいちばん南か、その数人が定期市のあるところ、あるいは集落をなして住んでいた。布を織っている者も何人かいた。しかしたいていは金持ちの家で下働きのような仕事をしたり、家の修繕などの日雇《ひやと》い仕事をしていた。

　ダガとチタは機織りではなかった。彼らは家の修繕の仕事をしていた。毎日は仕事がなかった。特に、兄のチタはしばしば仕事にあぶれた。二人とも所帯はかなり大きかった。それぞれ家族は八～九人いた。

チタはその大食いのために悪名高かった。一度に2セールのご飯を平らげてしまうとか。[*8] 魚がなくても少しも困らない。黒コショウをかけ、塩をふり、数分のうちにご飯の大山を平らげてしまう。わたしは彼が食べるのを見てきた。それはご飯ではなく、ダイヤ、エメラルド、ルビーなどの宝石を手にすくい上げ、口にしているように見えた。かれの目や顔は光を発していた。

この国は慢性的飢饉《ききん》という状態だったが、その年はそれがさらにひどいようだった。昼になるや、チタが来て、うちの台所にある木の食事用の台に座る。ご飯を求めるわけではない。米はたいへん高価だからだ。おねばを求める。うちのおねば[*9]を格別好んでいた。足踏《あしぶ》み機で精米したボロ米は色つやがあって、おねばであってもみつのような味がする。隣の家のパーボイル加工をしない日干し米[*10]の白いおねばでは、うまみはまったくない。その手には土製の器《うつわ》が一つある。母さんはその土製の器に濃《こ》い、滋養《じよう》のあるおねばを流しこんでやる。そして欲しがれば、おねばに一握りのご飯をそえる。

おねばを出すその土なべをカダという。そのカダから色づいたおねばがどくどくと流れ出るとき、彼はじっと静かにそれを眺《なが》めている。二、三粒のご飯が入ると、その動かなかった目が輝く。彼は塩をまぶし、ずる、ずる、とおねばを食べる。そして言っていたものだ、「この時期、黒牛の乳がなければ死んじまったですよ」おねばが黒牛の乳だという。ご飯を煮る土なべの底の色は黒、だから土なべを黒牛と呼び、おねばがそのお乳というわけだ。詩人たちはこんな風に文飾する。飢《う》えていながら、なぜ、美しく言葉を飾るのか？　それで多少なりともおなかのたしになるのか？　それで飢えが支配していても世界は詩に満ちているのか？

隣の家の年老いたおばあちゃんは、小エビの揚げたのを食べるだけで、余命をつないでいた。そのとき、おばあちゃんは七〇歳だった。髪は全部真っ白になっていた。何とか歩いていた。いつもけんかをしてきた。自分自身と、あるいはだれかと、または猫《ねこ》と。

おばあちゃんの孫たちはディナジプルで仕立ての仕事をしていた。五〜一〇タカを六か月か十か月ごとに送ってきた。自分でもトウガラシを売ったり、樹液採集人のそばで樹液を売ったり、タマリンドを売ったりしていた。それで何とか生計をたてていたのだ。母さんが時々、ご飯や魚を施《ほどこ》していた。

おばあちゃんは網を一つ持っていた。古い服を四角く裂《さ》いて作ったその網で、小エビをすくっていた。その網を自分のところの舟着き場で注意深く広げ、その中にもみ殻のかたまりをまいた。もみ殻に引かれて網に集まってきた極小《ごくしょう》のエビ。二、三のプンティ（コイ科の魚）、タンラ（ギギ科の魚）も入る。ちょっとしてから網を上げ、しんちゅうのポットにエビを入れる。エビはペースト状にして揚げる。この揚げエビを食べて日々を何とか過ごしていた。

ご飯をたくのは週に一、二日だ。毎日調理していたら、おばあちゃんの米は尽《つ》きてしまう。わたしたちがご飯のことをたずねると、こう答えたものだ。「ご飯は食べられませんよ、あにい、のどにつかえてね」ほんとはご飯がのどにつかえるからではない。ご飯が手に入ると、おばあちゃんの目や顔はきらきら輝いたものだ。

ご飯、ご飯、ご飯―周りじゅう、そう聞こえてくる。ご飯、ご飯、ご飯。これこそベンガルに不変の鳥の歌、河の歌なのだ。森の歌、牛飼いの歌、農民の歌、吟遊《ぎんゆう》詩人の歌なのだ。村の歌、都市の歌。若い苗木のような少年の歌、葉を落とした枯れ木のような老人の歌、ご飯、ご飯、ご飯。うちの村の数軒の家をのぞいて、みんながこの同じ歌を歌っている。ご飯の夢をおいて、これにまさる彩《いろど》りを与える夢はないのだ。

うちの村の大部分の人がバラの花を見たことがない、バラの香りを求めたことがない。彼らはどんな目を奪う踊りも見たことがない、見たいという夢すら見たことがない。詩を読んだことがない、読もうなんて考えたことがない。この人生で一つの詩すら読んだことがないと思い、胸の内から涙と長いため息が洩《も》れてくることもない。王様になりたいなんて思わないし、金糸、銀糸のにしきを着、ひげをつけ、鋭い刀を手に帰郷したいなんて願ったことがない。かれらはただご飯を欲しがっている。甘いものの夢を見る。星のような、月のような、花のつぼみのようなご飯、ご飯、ご飯。起き上がって見ると、前には空っぽの土器がころがっているだけ。

ポッダ河の銀色の糧《かて》

カマルガンの村は大好きだった。おじいちゃんの家へ行ったり、その周辺を回ってみたりするのだ。うちの村といえば、四分の三が水で、残りの四分の一が陸地だった。池また池が湖のように広がっている。どこへ行っても池ばかりで、その堤《つつみ》の上にそれぞれの集落があり、また市が立つ。

だが、カマルガンの村はそれとはまったく違っていた。池はまったくないといってよい。村の土もとても軟《やわ》らかかった。砂質の土で、押してみるとションディシュ（甘いミルク菓子）のように壊れてしまう。

そこは村ではなく、一つの森だ。マンゴーやジャーム、マダル、キワタやココヤシの巨木で覆《おお》われている。木の下にあって、日夜を分かたずに眠っているカマルガンの家々。だから昼でも盗人《ぬすっと》が出没する。

カマルガン村から少し南にポッダ河（パドマ河）がある。まさにキルティナシャ[*11]が。そこから向こう岸まで一八マイルあるとか。

わたしたちの村はラリカルと言ったが、そこにはカル（水路）がまったくなかった。だが、カマルガン村では、血管のように水路が張り巡《めぐ》らされていて、ポッダ河から流れ出た水はそこを通って、アリアル湿地《ビル》の方へ向かう。こうした水路は乾季には皆乾ききってしまうが、雨季のジョイショット月（五月中旬から六月中旬）には水でいっぱいになったものだ。水は激しい勢いで流れる。急流が流れるカマルガン村の水路に達すると、谷川を川下りするような恐怖と喜びの入り交じった戦慄《せんりつ》に襲われるのだった。そんなころ、カマルガン村へ行くのがとてもうれしかったものだ。

カマルガン村の水路には泥《どろ》色の水が流れる。いや、水路に水があるとは言わず、急流があると言う。その流れがあまりにも速いので、流れに逆らって舟を浮かべるのは至難の技《わざ》だ。老練な船頭でさえ雨季の急流のころは、婚家先から実家に帰る娘を舟に乗せてカマルガン村に行くのをいやがる。水路を激しい勢いで水は流れてゆく。家の庭やら、畑、遊び場、皆水があふれて跳《は》ね返る。その水路にいかだを流すのがなんてうれしく、泳げば心躍《おど》ることか。それより楽しいのは、昼過ぎから夕方まで、潜ったり、泳いだりして、魚さくを打ったり、わなのかごを仕掛《しか》けることだ。雨季になると、わたしたちの村は海になる。舟以外、出かける手段はない。しかしカマルガン村には舟を持たない人がたくさんいる。あるのはバナナのいかだだ。急流の水路をいかだで渡るのはなんてスリルに満ちたことだろう。大洋を航海する船員にはまずわかるまい。

カマルガン村の水路では急流はさらにその勢いをまし、ポッダ河からアリアル・ビルへ向かう。一方、この急流の中を通って、低地から河へ向かって、遡上《そじょう》する魚がいる。エビやベレ（ハゼ科の魚）などだ。そんな魚を竹で作ったわなにはめるのだ。竹を縦に割った細い竹ひごできれいに作った魚を捕るかごをドアイルと呼ぶ。細い竹ひごで、まずおけのようなものを作る—その一方に、一つ、または二つの入り口をつけ、そこに入れはしても出られないようにする。もう一方にふたがつけてあって、閉めたり、開けたりできる。水路の縁辺に、水中に、流れに向かってドアイルを仕掛《しか》ける。水の中にドアイルを置いておくだけでは魚は入らない。そこでバナを作る。バナは竹を縦割りにして作ったさくだ。斜めに二つのさくを水中に埋めておく。その入り口にドアイルを置く。夜の間、エビが歩き、ベレ魚が泳ぎながらやって来て、ドアイルに入る。するともう出られない。朝、開けると、中にはエビや、ベレ魚がカサコソうごめいている。

ドアイルを仕掛けながら午後のひとときを過ごすのは大変スリルに満ちたものだった。四、五個のドアイルはバドシャ兄ちゃんの所有だった。一本のこん棒とドアイルをいくつか持って、わたしたちは水路に飛びこんだものだ。

急流がわたしたちを遠くまで流す。何とか水路の縁につかまりながら、前進したり、後退したりして午後を過ごすのだ。目は真っ赤になる。耳に水が入る。水が入ると、乾かすためには い上がった。水が入った耳を下に向け、飛び跳《は》ねて水を払い出す。そしてまた飛びこむ。またさくを埋め始める。

毎日、昼過ぎにさくをしっかり埋めこんだ。はずれると急流に浮かび上がってしまうからだ。太い一本の棒でよくたたいて強くさくを打ちこむ。潜ってドアイルを仕掛ける。しっかりとさくに結びつけて置いたものだ。そうしなければすぐ切れてドアイルが流れていってしまい、ついにはアリアルの湿地のどこかの田の上にでも浮かんでいる羽目になるだろう。

盗人《ぬすっと》もいた。まだ夜が明けきらないうちにやって来て、ドアイルの魚を盗んで持っていってしまう。そこでドアイルのまわりにとげだらけのケジュルの葉を埋めこんでおく。だが、ベレ魚の卵が黄色くて、どんなに美しかろうと、揚げエビがおいしかろうと、それはイリシュ魚ではない。銀色に輝いてはいないのだ。水路はポッダ河ではない。

ポッダ河に行かねばならぬ。そこで収獲《しゅうかく》しなければならぬ―ポッダ河が生み出す銀色に輝く糧《かて》―イリシュ魚。月のようなイリシュ。剣のようなイリシュ。胸にはおのが肉叢《ししむら》、背に鹿《しか》の肉。あれほど素早くうごめくものはない、森の美、森のしんきろうである鹿、突如嵐《あらし》のように現れる虎《とら》の前足を瞬時《しゅんじ》に避《さ》けられるその鹿が、しかし、イリシュと競《きそ》うと負けてしまう。母さんのおとぎ話がわたしの目の内に焼きついている。

「イリシュと鹿はかけをしました。もしイリシュが鹿に勝てば、鹿はイリシュに自分の肉を切って与えなければなりません。イリシュが負けると、鹿に自分の肉を切って与えるのです」

母さんからこのかけの話を聞いたとたん、震え上がった。わたしの二つの夢―イリシュと鹿―それに思いをめぐらすだけで、わたしの両目がその美しさで満たされるほどだ。それが、どうしてそんなかけをしたのだ。どっちが負けようと、わたしの夢は破れる。わたしの目の宝石が砕ける。わたしの夢であるものの肉から血が流れる。それを考えて震え上がったのだ。どっちも負けず、どっちも血を流さずに済むというわけにはいかないのか？　鹿がもし負けると、その緑の森に血があふれるのか。そしてもしイリシュが負ければ、ポッダ河からどくどく血が急流となって流れてくるのか？

その話を聞いた幼いころ、わたしはまだ森を見たことがなかったし、鹿《しか》にもお目にかかったことがなかった。だがイリシュは見て知っていた。だからイリシュのほうを少しひいき目に見る気持ちがなかっただろうか？　もちろんあった。だから母さんが、鹿はイリシュに負けました、と言ったとき、心に受けた悲しみはそれほどではなかったのだ。だがそれは、鹿に気づかれないよう、こっそりとだった。

「鹿は負けました」母さんは続ける。「そこで自分の肉を切ってイリシュに与えました。だからイリシュの背中には焦《こ》げ茶色の鹿の肉がついているのです」

だからその部分の肉の味はほかとちょっと違う。その部分を食べるときは、森の薫《かお》り、それ以外のところはポッダ河の香りがする。そのイリシュ、負けることを知らぬびんしょうさ、その優美さ。ポッダ河の懐《ふところ》からその銀色の糧《かて》を取ってこようではないか。ポッダ河へ行こうではないか、山のような泥《どろ》色の波を見ようではないか。真夜中にこの世と思えぬどこかの国から汽船がやって来るが、そのぼぅーおぅーおぅーおぅという音でわたしの夢が破られた夜は数知れない。そんなとき見たものだ。茂《しげ》みから茂みへと続く白いカーシュを。さあ、見ようではないか、あの、この世のものと思えぬ汽船を。

何年もの間、行きたかったが、しかしだれがわたしを連れてゆく？　ポッダ河には魚がいっぱいいるのみならず、恐怖も満ち満ちていた。わたしはうまく泳げなかったし、年も幼かった。だから水路にしか入れなかった。ポッダ河には行かれなかった。自分の手で生きているイリシユに触れることはなかった。が、その年、わたしは許されたのだ。イリシュを取りにいってよいと。わたしの血は騒《さわ》ぎ出した。行く、行く、行く。どこへ？　ポッダ河へ。

　イリシュを捕まえる網は新月のようだ。その糸はとてもすばらしい。いつも網から発散するガーブの香り。[*12]ハンカチのようにその網を鼻のところに持ってゆき、顔に触れてみたい衝動《しょうどう》にかられた。わたしたちは四人だ。バドシャ兄ちゃんがいちばんかなめの役だ。網を打つ。二人は舟をこぐ。わたしはただ見ている。こうして昼過ぎ、ガーブの香りのする新月のような網を舟の片側につるして、水路の急流をさかのぼり、ポッダ河に向けて乗り出したのだ。

　水路を抜け、ポッダ河に出ると、のっけから巨大な波が襲ってきて、舟に一撃を与えた。その場所はケダルプルという。[*13]目の前が巨大なポッダ河で向こう岸は見えない。それ自体、巨大な波形のトタンのようなポッダ河。波は逆巻いていた。が、わたしにはその一瞬《いっしゅん》、波が静止しているように見えた。見れば、あちこちの波頭や波底にベルの花[*14]のように幾そうもの舟が浮いていた。周囲はごおー、しょー、しょーという音がこだましていた。

　西から東へと水は流れていた。わたしたちは西へかなり行くことになっていた。バグラ、そこに汽船の船着き場がある。バグラに行ってから、河中に出て、網を打つことになっていた。

　岸に沿って進み始めた。ポッダ河の岸辺近くを注意深くバタ（コイ科の魚）が泳いでいた。その魚をわたしらはコッラと呼んでいる。サーチライトのように、水面にバタ魚の目が光っている。バグラは、喧噪《けんそう》のまっただ中にあった。世の中すべての活気と騒音《そうおん》がそこにあった。汽船のぼぉーという音が聞こえ、その騒々《そうぞう》しいこと。サトウキビ売りがサトウキビを売る。その喧噪《けんそう》。中でももっともうるさいのは、氷を砕く音だ。木の箱に入れ、氷を砕く—氷の巨大な塊を砕いて氷雪に変えている百人ほどの人たち。イリシュを凍らせるために氷が必要なのだ。イリシュは流れが速く深いところを好む。深くなければイリシュはいない。流れがなければイリシュはいない。イリシュは決して流れのままに進まないという特性を持っている。その魚たちは遡上《そじょう》する—流れに逆らって。

汽船の発着所のそばに来てから、わたしたちの舟は河の真ん中にむけて乗り出した。しかし小さな舟ではそれほど中に行けない。岸からせいぜい数百ハート（一ハートはひじから中指の先端までの長さで、約四五センチ）しか行かれない。イリシュを取りにゆくのは大変愉快《ゆかい》で、楽しいものだ—苦痛などまったくない。

岸から数百ハート離れてから、バドシャ兄ちゃんは網を打った。新月のような網を開いて、水にゆっくりと落とした。ロープも放たれた。ロープは三〇～四〇ハートほどの長さだった。つまり、三〇～四〇ハートほど（一五メートルくらい）の水深のところに網は仕掛《しか》けられたのだ。一方の手には網に結び付けたロープ、もう一方の手に細い糸がある。その細い糸は網に結んであった。網の中にイリシュが入りこめば、その細い糸にひびくので、すぐ網は閉じられる。そしたら網を舟に引き揚げる。網が浮かび上がらないよう、あらかじめ網に重い石が一個結び付けてある。

バドシャ兄ちゃんは網を投げてじっとしていた。瞑想《めいそう》にふけっている人のように。魚が捕まるよう、願掛《がんか》けをしているのだ。こぎ手は今はただかじ取りをするだけだった。こぐ必要はなかった。流れが舟を運んでくれる。バッゴクル、ジョシルダ、カンディパラ、ロウホジョングへ。いま、わたしたちの舟も一輪の小さなベルの花になっていた。一度は波頭まで押し上げられ、まるで空に届くかと思うほどであった。わたしたちの顔や目、髪の毛まで、空の青い色に溶《と》けこみそうだった。それから波底に落とされる。竜宮城《りゅうぐう》の王妃《おうひ》様のところまで行くようだ。河の中になんてたくさんの流れ、渦《うず》、波があるんだろう。ポッダ河にわたしたちのような数え切れぬベルの花が揺れている。

遠くに怪物《かいぶつ》のような四つの船が見える。巨大で鋭く黒いイリシュのような形の船はポッダの波なぞものともしない。それをチャインダと呼ぶ。その船から一マイルから二マイルも遠くへ網を投げる。だから一回の水揚げでとれるイリシュは千匹ほどにもなる。チャインダは網を揚げていた。わたしはその黒い網の中にいる何千もの水から生まれた月—真っ白に輝く月を思っていた。

わたしたちは流れのままに進んだ。これをゴランと呼ぶ。

一度、バドシャ兄ちゃんが飛び上がった。そして、網が強く引かれていると言った。そう、たくさんのイリシュが網に掛《か》かっていたのだ。引っ張って網を上げ出した。

網が水の上に現れたとたん、二匹のイリシュがすごい勢いで網の両端に走った。出たがっているのだ。逃げることにしか、生き残る道はない。舟上に網を上げてみると、五匹のイリシュがいた。月光のように白く輝き、ひっきりなしに飛び跳《は》ねていた。

バドシャ兄ちゃんは慎重《しんちょう》にえらぶたの中に指を入れ、魚を取り上げた。そして舟の中に並べて置いた。五匹のイリシュ―ポッダ河の月、銀色に輝く収穫物《しゅうかくぶつ》―それがわたしたちの舟底に並んでいる。えらから血が流れ出て、まるで舟がパーン[*15]をかんで、紅《くれない》の悲しみで染まったようだった。もう動くこともなく、飛び跳《は》ねることもない。ただ横になって、籐《とう》の実のような目を見開いてほんのわずかな時間で死んでしまった。イリシュたちは。

　これほどに美しいイリシュ、河の中をゆく月のようなイリシュ。この地がはぐくんだ美をすべて備えたようなイリシュ。それがどうしてこんなにすぐに死んでしまうのだ？　美しきものの生涯《しょうがい》がなぜこんなにもはかないのか？　わたしは両手を伸《の》ばして一匹ずつ、イリシュを取り上げた。いま、彼らは死んでしまっている。空に月がのぼった。その光がわたしたちの舟底の五匹の死んだ月の上にふりかかっていた。わたしの指はイリシュのにおいがした。親指のつめの上に残った鏡のようなイリシュの一枚のうろこ。それは真っ白でなめらかだった。その上に空から月光が降り注いでいた。

湿地帯にパリが

当時はずいぶん勉強したものだ。ノート、本、石板を詰めて二セール（一・九キロくらい）、二セール半もの重さの道具を持って学校へ行き来していた。「知識の本」と称《しょう》する一冊の驚嘆する本を読んでいた。その本を開けば、こんな題ばかり—世界でいちばん大きい都市はどこでしょう、いちばんきれいな都市は、いちばん高い山は—こんなため息の出る情報ばかり詰まった本だった。情報ではない、究極の知識だった。こうした知識すべてを持ち合わせる者が博識の人で、それを持たない者はあほう《ムルコ》だ。あほうはとても悪いことに感じられる。わたしはロバでもいいし、雌牛でもいい、しかしあほうと言われたらかんかんになったものだ。ある日、新任の先生の授業があった。先生が質問する。「この世界でもっとも美しい都市はどこだね？」

シラジュが跳《と》び上がって答えた、「パリです、サー」

先生の顔が輝いた。彼をとてもほめそやした。それからパリのすばらしいありさまを話し始めた。

ビッラルは一度、屋形舟[*16]に乗って、ダッカへ行ったことがある。午後、太鼓《たいこ》の打ち鳴らされる中、舟はベネバリから出発した。その屋形舟でビッラルはダッカへ行ったのだ。明け方、ブリ・ゴンガ（オールド・ガンジス河）の岸辺にあまりにもたくさんの光があるのを見て、彼は

た。
「ランプじゃないのさ、あれはね、エレクトリック・ライトという」ビッラルの父さんは答えた。
「これだけのランプの油をどこから手に入れているのだろう?」ビッラルは父さんに尋ねた。
気が動転してしまった。

そう聞いてもビッラルの疑いは晴れなかった。それから河辺に続くたくさんのネオンサインを読んでいるうちに、有頂天《うちょうてん》になり、我を忘れてしまった。書いてあるものの一つを見るだけでも彼は気絶してしまいそうだったのだから。

ビッラルは帰ってからわたしに言った、「一つ一つの文字がオウギヤシのようだぜ」

わたしは驚いて尋ねた、「それってあの知識の本にないよね」

ビッラルの考えではダッカが世界でいちばん美しい都市だった。しかしシラジュは同意しなかった。そしてシラジュが同意しなければ、何事も正しくないのだ。彼は首席であり、ビッラルときたら、ある課目ではいつも失敗している。

都市はいつが美しいのだろう? 美しい都市とは、見るとイリシュ魚のようなのか? カワセミのような色なのか? 夕方になると赤くそまるポッダ河の西岸のようなものか? ティヌねえさんのようなのか? 稲穂《いなほ》のよう? どのようだと都市は美しいのか? どのようだと、いちばん美しいのか? そこは一年じゅうファグン月(二月の半ばから三月の半ばで、花のきれいな季節)なのか? そこでは枝という枝に花が咲き、コキル鳥(カッコウ)が鳴くのか?

しかし先生がおっしゃった、シラジュが言った、知識の本にも書いてあった、パリがいちばん美しい都市だと。どれだけの間、寝ても起きても、立っても歩いても、その都市のことを夢見ていたことだろう。

ある日、アリアル湿地帯《ビル》の南西の境で発見したのだ、そのパリを。うちの家の北にアリアルの湿地帯が広がっている。その湿地に沿って豪壮《ごうそう》な屋敷《やしき》地が広がっていた。それは都市のようだ。うちからもその屋敷地がかいま見えた。大樹に隠れて。その屋敷地にある樹みんな、あれほどの頂を持つ大樹はどこの村のどこの屋敷にもない、と思えたほどの大きさだった。毎時、その屋敷から厳《おごそ》かにどらの音が流れてくる。わたしたちは立ち止まってどらの音を数えた。これは十一鳴った、これは十二、これは三だ、四だと。当時、わたしたちの村の時計は空にあり、またあの屋敷にあった。屋敷地の近くを通って、舟で何度もカマルガン村へ行った。そしてうわさに聞いた、その荘厳《そうごん》なありさまを。その屋敷地はジョドゥ・バブゥのものだった。

それはジョドゥ・バブゥの屋敷地だ。一つの村ほどの屋敷地だ。どんな人たちがあの館《やかた》にいるのだろう？　時々見た、その家の守衛が道を歩いてバッゴクルへ行くのを。そのひげはなんて長いんだろう。守衛まで王様のようだ。それなら館の住人たちはどうだ？　聞いたところでは、ここの主人たちはこの屋敷にはいないとか。コルカタにいる。たまに来る。特にプジャの儀礼《ぎれい》のときに。この種の屋敷がほかにもいくつかある、バッゴクルに、バラスルに。しかしこれほどではない。

「あの家に行ってみないか？」

「そうだな、行ってみよう」

「怖くない？」

「いや。以前は怖かった、ザミンダール[*17]がいたときはね」

ある日、わたしたちは、ファルグン月の終わりごろ、その屋敷《やしき》に向かったのだ。ビッラルとシラジュ、アラム、そしてモカッジョルとわたし。シラジュとモカッジョルはデムラから来た。アラムはガディガートから。ビッラルとわたしはラリカルにいる。ここからがいちばんジョドゥ・バブゥの家に近い。

畑を斜めに歩いていった。何度もつまずき、畑を踏《ふ》みにじり、水路を越え、南側からジョドゥ・バブゥの家に潜りこんだ。樹々には花々が咲いていた！　あちこちにある樹々はいままで見たこともないものばかり。前に大きな池がある。貯水池だ。屋敷内にこれほどの池！　うちの村の池をみんな合わせたほどの大きさではないか。シラジュは一度、あたりを見渡して言った。「パリ」

まさにシラジュの言うとおりだ。

わたしたちも言った。「パリだ！」

これほどれんがをきれいに敷《し》き詰めた道は歩いたことがない。歩いて気持ちよく、体がぞくぞくした。キスのように、そのれんがの道が足に触れる。これほど美しい木を見たことがない。これほどに組まれた貯水池を。こんなすばらしい階段、見たことがない。帽子をかぶった一人の守衛がひげを指でなでながら、またわきの下の棒を回しながら、わたしたちの方にやって来た。だいじょうぶだ。彼らの両目は怒っているようだが、いつもこんななのだ。わたしたちに見物してみろと言った。

階段を伝って、わたしたちは貯水池の水辺まで下りていった。一握りのあられをまいてやると、巨大なルイ（コイ科の魚）が現れた。背中に泡がたまっている。巨大な潜水艦《せんすいかん》のような魚だ。静かで、聡明《そうめい》で、怖いもの知らずだ。わたしたちは何度も背中をなでてみたり、口の中に手を入れてみたのだ。こいつらはただ、浮かんでいるあられをごくりごくりと飲みこみながら食べ出した。こんなに巨大でありながら、すなおで物わかりがいい、イルカのような魚。潜水艦のような魚。これほどの魚は、それ以降、どこへ行ってもお目にかかっていない。

池の北側にバラ園があった。わたしたちの村ではバラの苗木はまったくない。バラの花のことは本で知っているだけだった。ジョドゥ・バブゥのバラ園ではバラがさざ波のようにそよいでいた。これほどのぜいたくがわたしの目の前にある。たたずんでいるうちにぞくぞくしてきた。西側に熱帯魚を入れているところがある。一つの小さく組んだ池に熱帯魚が泳いでいるのだ。大きい。都市で見る小粒でたいしたことのない熱帯魚ではない。とても大きな魚だ。わたしの目の中に祝祭の彩《いろど》り。十二時になるので、しんちゅうのどらのそばに来てたたずんだ。時のどらを数えながら、学校へ行っていた。夜中に眠りから覚めて、そのどらがもたらす地の果てからの秘密めいた音をどれだけ聞いてきたことか。守衛が一人、どらをギンゴンと二回ずつ打ち鳴らすのだ。地上に十二時が鳴り響き、昼になった。その日、ちょうどよく、わたしたちは鳴らすところを見たのだ。

「これはモスクワの鐘《かね》と同じではないか？」だれかがたずねたようだった。

答える責任はシラジュにあった。わたしたちは彼の口元を見ていた。

シラジュはわたしたちの顔の方を眺《なが》めたままでいた。

あれは何という樹なのか？　一つのたるのように立っているが。あれも何という樹だろうか？　ほとんど空に触れるほどだ。あの美しい塔《とう》のように高くすべすべした樹の名は何だろう？　あの家を、戸口を、すっかり取り囲んでいるひと山の赤い、牛乳が沸騰《ふっとう》したときの泡のようなあの花は何だろう？　もしかしたら紙の花（ブーゲンビレア）か？　枝葉の壁がこの屋《や》敷《しき》ではなんて華《はな》やかなんだろう。タマリスクの茂《しげ》みが寺院のようなのはなぜ？　どうして草々がこんなになめらかなのだろう？　柔《やわ》らかいのだろう？　ベッドカバーのように広がっているのだろう？　草々がこんなにきれいな緑なのだろう？　うちの村にある野原の草といえば、黒っぽくて、そこでこけたら、手やひざをすりむいてしまう。ここではこけてもベルベットのような感触なのはなぜ？


　これがパリだ、これがパリだ、これがパリだ。だからこそすべてがこれほど美しく、これほど別格なのだ。アリアル低湿地に沿って咲いているバラ。それはジョドゥ・バブゥの屋敷。アリアル・ビルのパリ。地上でもっとも美しい都。

白昼のため息

バッゴクルのバザールへは例の屋敷《やしき》のそばを通っていく。家から下りて、表道につながった小道を通り、さらに高く盛り上げられた幹線道に上っていく。

警察署長の家のそばにうちの村の木の橋がある。ぐらぐらする橋に来て、ちょっと立ち止まる。そのあと、道に上がって、バラスルへ向かう。やがてみんながよく知っている鉄橋が、水路の上に、元気のよい馬のようにぎらぎら輝いているのが見えた。わたしたちはそこへ歩いていく。土方をする家の人たちが稲《いね》を干していた。

水路を渡ればすぐその屋敷だ。屋敷は壁で囲まれている。東西に、約半マイル、南北に約一マイル。バッゴクルへの道は屋敷の北から西側へ回り、南の方へと続いている。これもザミンダールの屋敷の一つ、ノンドラル・バブゥの屋敷だ。

ザミンダールをわたしは見たことはない。わたしが幼いときに、ザミンダーリー制はなくなってしまった。彼らのすぐれた逸話《いつわ》をいくつか聞いたし、ひどい話もたくさん聞いた。

その屋敷の西側に、正面入り口があって、そこへ来ると、立ち止まったものだ。来るたびごとに、ある胸の痛む詩を読む。読んでは胸が張り裂《さ》けそうになっていき、ため息をつきながら戻ってきたものだ。壁に一枚の大きな大理石が埋めこまれ、詩が刻んであった。最初の行は悲しげな呼びかけに始まる。「とどまれ、往来の人」

詩は語る、かつてジョルディという一人の息子がこの屋敷《やしき》にいた。その人の才能、美しさは言い尽《つ》くせない。彼はイギリスに留学した。そこでわずか二十五、六歳の若さで亡《な》くなってしまったのだ。端麗《たんれい》な容ぼう、才能、そして夭折《ようせつ》のくだりを読むと、胸が破裂《はれつ》しそうになったものだ。その大理石に刻まれた詩の終わりにはこう刻まれている。「往来の人よ、後ろのジョルディ亭《てい》にてしばしとどまらんことを。あなたに神のご加護がありますように」

バッゴクルに行く道すがら、その悲しい詩を幾度も読んだ。戻るときは昼下がりになっていた。ファルグン、チョイットロ、ボイシャク月（二月中旬から五月中旬まで。太陽が輝き、花々が咲くころ）なのに、周囲は灰色におおわれ、悲痛に満ちたものになった。わたしたちは帰りに、ジョルディ亭で休んだ。大理石で作られたとてもひんやりした池亭、さまざまな装飾で埋め尽くされている。その四隅《すみ》に埋めこまれた若いジョルディの写真。涼しい大理石のベンチに座って、遠方からの旅人たちが眠っていた。悲痛に満ちたファルグン—チョイットロの白昼に、わたしたちの胸をついてため息が出てきた。考えさせられたものだ、なぜ、人は死んでしまうのか？　なぜ、こんなに美しい若者が死んでしまったのか？　こんな若い身空で？　なぜザミンダールの息子は死んでしまったのか？　イギリスで死んでしまったのか？　木から葉がかさこそ落ちていた。わたしの小さな胸のため息のように揺れていた。

大市、大市、大市

カルティック月（十～十一月）が過ぎて、オグラン月（十一～十二月）になると、大市[*18]の立つ笛の音がする。わたしたちの村ではなく、祭のあるバッゴクルでだ。

バッゴクルはわたしたちの地域の「首都」と言えよう。その名のように水が噴出するところだ。狭《せま》い場所ではあるが、そこにはいくつものザミンダールの屋敷《やしき》があった。学校があって、郵便局があって、またこまごました市場が。ザミンダールたちのそれぞれの屋敷地に踊り場があった。河岸があった。このころはザミンダールはすでにいなかった。しかしその家系の者たちが大市の準備をした。旅芸人の一行が来た、サーカス団も、魔術師《まじゅつし》の一行も来た。さまざまな品物を売っていた。大市はあるときは河岸、あるときはジョドゥ・バブゥの家のそばに立った。大市のときになると、うちの村の人たちが忙《いそが》しくしているのを目の当たりにしたものだ。昼にすべての仕事を終え、午後には大市に行く準備をした。大市のときになると村々は喜びで包まれた。農民たちはコッコル、コッコルとせきをしていた。夜、ずっと遅くまで芝居を見ているうちにずいぶん寒く感じたものだ。

祭りの笛の音がすると、わたしはカマルガンに行かせてとせがんだ。母さんは「あす、お行き」と言ってくれた。

父さんはいつもぶつぶつ言いながらようすを見ていた。最後になってやっとしぶしぶ許してくれたものだ。

母さんは大市の見物に、四アナ[*19]のコインを二枚くれた。母さんのお使いのための一タカも。

父さんは一枚の大きな二アナのコインをくれた。

当時、二アナのコインをこの目で見たことがなかった。大きいのが不釣《つ》り合《あ》いだ。たいしたものも買えないのに。一方、その小さな星のような四アナのコインは手の中に隠れてしまったが、わずかに光っている！　たくさんのものが買えるよって。

昼にはわたしはカマルガンにある母方のおじいちゃんの家に現れた。そこから大市へ行くのだ。わたしの母方のおばさんは、父方のおばさんでもある[*20]。

わたしを見ると、満面の笑《え》みになったものだ。「わたしのぼうや、おいで」

わたしはそのサリーのずっと奥に入りこんだものだ。

「おい、おまえたち、どこだい、ほら、わたしのぼうやが来てるよ、牛乳ご飯を出しなよ」

お母ちゃんは叫び声を上げたものだ。

わたしは牛乳ご飯で大きくなった。お皿の葉を覆《おお》ってしまうほどの濃《こ》い牛乳の膜《まく》。できたてのケジュルの糖みつ。わたしは食べ続けていた。お母ちゃんはさらに牛乳を入れてくれた。五本の指で牛乳の膜を取ってもくれた。

大市に行こう、午後遅くに。バドシャ兄ちゃんと一緒《いっしょ》に。

いとこのロヒとチュンノが走ってきて言った。「おい、小屋に象が来てるよ」

ほんとうか。象がのどにつけている鈴の音が聞こえる。となりの家の水路に走っていった。乾いた水路で一頭の巨大な象がバナナの葉を食べている。首の鈴がタンタン鳴り響いている。象使いが背中に座っている。手には一本の棒切れが。その先に釣《つ》りばりのようなものがついている。バナナの葉を食べ終わると、象は歩き回った。わたしたちは後ろをくっついて走った。小さな目と小さなしっぽ。しかしなんて大きな耳だろう！　鼻でひと吹き、ほこりを掃除しながら歩き回っている。まわりでは象を見ながら話をしている。

「象はナツメの実のさね（核）が怖いんさ」

「なるほど。そいで掃除しながら歩いてるんかいな」

象が足の下に落ちているナツメの核を踏《ふ》むと、やわらかい足に穴があいてしまう。

「耳があんなに大きいんは？」

「象がすべてを見通せたら、逃げようがないでさ」

もし象の目が大きければ、一度にすべてを見通せただろう、そしたらみんなやっつけられてしまう。だからアッラーの神様は象をこのようにお作りになったのだ！　象にすっかり夢中になった。象にあいさつした。

象はずいぶんおとなしい動物でもある。鼻で一人の少年の手からなんきんまめを取り上げた。虎《とら》だったらつめを立てただろう。しかし象だと、こんなに優しく取り上げるのだ。あいさつさえする。

象がバッゴクルへ行ってしまうと、おじいちゃんの家に戻った。

バドシャ兄ちゃんとわたしは、大市へ行く。お母ちゃんはタカ紙幣《しへい》を一枚くれた。ロヒ従姉《ねえさん》とチュンノ従姉は八アナずつ、一タカ分くれた。それで今のわたしにはお金がたくさんある。お母ちゃんからの一タカ、ロヒとチュンノからの一タカで、二タカ。母さんからの八アナで、二タカ半。そして父さんがよこした不釣《つ》り合《あ》いな二アナのコイン。

そのうえ、お母ちゃんは言った。「この黄色いライムを少し持っておいき、ぼうや」

二ハリ[*21]のとても大きなライム、お母ちゃんのライム園のだ。わたしは小さいザックいっぱいに詰めた。大市に行く途中の市場で青果商人に売り渡すのだ。少なくとも一タカにはなるだろう。

わたしはお金に困らない。農民たちが大市にこれほどの大金を持っていくことはない。しかしわたしは、バッゴクルに着いたとき、ポケットに三タカと十アナも持っていたのだ。

バドシャ兄ちゃんに八アナ渡さなければ。

大市に行ってみて、最初に綿菓子が食べたくなった。空気のお菓子。お菓子売りはその機械を回して、ばら色の絹のように、くもの糸のように、膜《まく》を引き伸《の》ばしていた。お菓子売りはその手でその膜を丸め、空気のように軽い、綿菓子の玉を作り上げる。一玉二パイサする。あっという間になくなった。もう一玉買わねば。わたしは着いてすぐ、二玉買ってしまったのだ。

周囲に歓声が上がっている。大喜び。向こうで回転いすが回っている。いすの上に上がっては、一周して下りてきている。そのそばに回転木馬。馬たちが回っている。

カッチ、カッチ、カッチの音が上がった。少年少女がいすに座っている。老人までも。木馬に揺られ、たくさん回った。楽団がサーカスの正面入り口で演奏している。サーカス団が三隊来ているのだ。

三つのテントから呼びこみの声がかかる。どのテントも皆おもしろそうだ。こっちのテントでは一人の若い娘がいっぺんに五頭の馬を走らせる。あっちのテントでは別の娘が剣をのむ。隣のテントでは目をつぶって三つの刃を落とす曲芸を見せるのだ。東ではプロフェッサー・ラフマンの大魔術《まじゅつ》が披露《ひろう》される。生きている人間ののどを二つに割ってしまうのだ。しかもそれをまたくっつけてしまうという。何を先に、何を後回しにするか？　踊りの舞台では田舎芝居をやる。すべてを見終えるのに七晩はかかってしまう。

西の方から虎《とら》のにおいがしてきた。少し離れたところでは象がバナナの葉を食べている。少年が来て、少女が来る。奥さんたちは大きなベールで身を隠して来た。たとえベールの目の部分のすき間からののぞき見であっても、これほど間近に一度でも見れば、ずっと彼女たちの目に焼き付けられるであろう。お偉方《えらがた》は茶店に集まっている。

これを大市という。喜び。歓声。さまざまな音。多様な人々。綿菓子。ロシュゴッラ（カテッジチーズをボール状にしてシロップで煮含めた甘い菓子）。紅茶に浸《ひた》したクッキーと棒状のビスケットを食べる。サーカス。魔術。虎のにおい。熊《くま》のにおい。象。少年。少女。奥さん。年寄り。メリーゴーランド。回転木馬。回転いす。田舎芝居。

わたしたちはサーカスのテントの一つに入った。テントの真ん中で曲芸を見せている。最初の曲芸に出てきたのは、あの愉快《ゆかい》な人だ。道化師。クラウン。彼を見ただけでおかしくなり、わたしたちは笑い転げた。

その服装を見ただけでおかしくなる。目を見ておかしくなる。帽子を見ておかしくなる。まるで舗装《ほそう》した土の上をすべるように走って出てきた。そして後ろに転げた。

わたしたちは笑い出した。

しかし、笑ったのはまずかった。顔があんなにゆがんでいるではないか？　とても痛かったのだ。右足を折ってしまった。わたしたちは後悔し、声もなく、ひどく心を痛めた。

つぎの瞬間《しゅんかん》、彼は飛び上がり、ずっこけてしまった。みんなは大喜びに沸《わ》いた。跳《と》んでリングにつかまろうとして、また転んでしまった。ああ、彼の腰が折れてしまったか。

いや、彼は跳んで、一つのリングからつぎのリングと、リスのようにぶら下がった。なんて愉快《ゆかい》な人なんだろう！

一人の少女が宙返りをしながら、そのまま前方に出てきて立ち止まった。度肝を抜かれた。こんな少女たちもやるのか？

そのあとも曲芸が続く。高い一輪車を一人の少女が操る。テントの屋根のすぐそばのリングで三人の少女と三人の少年が曲芸を披露《ひろう》する。象の口の中に象使いが潜る。おりの中の虎《とら》と一人の若者が芸当をする。黒装束《しょうぞく》のお化けが出てきて、明かりを消した。

わたしたちは寒いのでじっとしていた。鋭利な三つの刃を降らす曲芸を見せる段になったのだ。

その父さんは三つの諸刃《もろば》に刺されて死んでしまったとか。

すごい芸だ、三つの刃を降らす曲芸は。だから芸をやっている間はじっとしたまま身動きできない。

三つの刃は三つともぎらぎらしている——先端は剣のよう。ものすごい。少し上から地面に投げると、どこにでも突き刺さる。その人は一本の棒の先に三つの刃を止まらせた。怖くて僕らは息を止めていた。その棒を上のほうへ上げた、とてもゆっくりと。手を少しも震わせない、震わせない。わたしたちのまぶた、心臓も震わせてはならない。ほら、三つの刃はずいぶん高くなった。刃のほうをじっと見ている。そのあと、棒を放って、自ら土の上にあおむけになった。わたしの目の前は真っ暗になった。光が戻るや、その人があおむけに寝ているのを見た——その体の両側に二つの刃があり、両足の間にもう一つの刃。

テントにいるみんなが拍手かっさいした。血が凍るような芸だ、三つの刃の曲芸は。なぜ、この人はこんな恐ろしい芸を見せるのか？　あの拍手かっさいのために？　今もわたしの耳に、あの拍手かっさいが響いている、一輪車の少女や道化師、象使い、そして虎《とら》使いすらもらえなかったあの拍手かっさいが。

サーカスの見物は終わった。しかし、魔術《まじゅつ》と芝居を見ずにおさまるわけがない。同じひと夜がずいぶん寒く感じられてきた。コンコンせきの音がしていた。

こりずに、つぎの午後、またバドシャ兄ちゃんと一緒《いっしょ》に大市に。魔術は夕方になるとすぐ始まる。芝居は十時だ。芝居を見るのにお代はいらない。夕方、わたしたちは魔術のテントに潜りこんだ。先日のサーカスはスリルに満ちていた。今日の魔術は、ただ、驚くばかり。その魔術師は空の箱からはとを出して見せる。わたしの頭からプラスチックのボールを取り出した。その人の手には一本の小さい棒。

「あの棒がみそですな」

「カムルプのカマッカ[*22]の棒で」

「人の骨ですわな」

こんな話をわたしのそばの人たちはした。あの棒がなければ、プロフェサーは一つの魔術《まじゅつ》も見せられないという。それは人骨だ。極悪盗賊《ごくあくとうぞく》人の。棒の方をじっと注目する。

度肝を抜くような語りが終わって、恐怖の流血芸となった。魔術師は、今度は人ののどをかき割って二つにしてしまうという。そのあと、またつなげるとも。怖くてバドシャ兄ちゃんにしがみついていた。

「いらっしゃい、度胸のあるおかたはどうぞ。のどを割って、またつなげてあげましょう」魔術師は呼びかけた。

応じる者はいるのだろうか？　だって割った後に、つながらなかったら？

怖くて思わず震えたとき、うちの野原でいつも見かけるひょろ長い牛飼いの青年が立ち上がって、言った。「わしののどを割ってけれ」

なんてことだ！　なんて度胸があるんだろう！

魔術師は彼を寝かせた。取り出したのは短剣。例の棒で牛飼いののどをこすり始めた。そのあと、ナイフで触った。

どっと血がほとばしった。わたしははっきりと見たのだ。どくどくと血があふれ出る。そののどは二つに割られ、その頭を取って、魔術師《まじゅつし》は遠くへ放りやった。

そのとき、わたしは目をすっかり覆《おお》い、地上のすべてはやみになっていた。血が頭に上ってきた。テントが震えていた。すべての人が震えていた。閃光《せんこう》が走り、サーカスをやっている野原の光が皆消えた。目を閉じて地べたにへたばりこんだ。

拍手かっさいがして、そっと目を開けた。明かりがまたついていた。牛飼いが立ち上がり、自分の席に戻って座ったのを見た。手でのどをさすっている。そののどにあとが残っているだろうか？　そのあと、野原で彼を見かけるたびに、そののどのあたりをじっと見たものだった。そののどにあのときのあとが膨《ふく》らんでいるような気がしたものだ。

サーカスと魔術は河岸のテントで。芝居はホレンドロラル高校のそばにある舞台でやる。その舞台は大きくてきれいな、トタン屋根の建物だった。建物の周囲に座席があって、真ん中に舞台。座席は二階にもある。二階には女性たちが座っている。お偉方《えらがた》たちも。そこに着いたときにはもうたくさんの人たちが舞台を囲んで座っていた。ディルダはそこの有力者の一人だ。彼はわたしたちを舞台のそばに座らせてくれた。楽団の者たちも舞台のそばに座っている。舞台へ行く花道が一本ある。その道を通って王様、大臣、女王様が往《ゆ》き来《き》する。

さまざまな音色の楽器が奏される。血が沸《わ》き立つ。芝居が始まった。なんてすばらしい王様、女王様！　星が瞬《また》く空を切り取って作ったようなかれらの衣装《いしょう》！　王冠《おうかん》の目を奪うばかりの華《はな》やかさ！　なんとまあ雷のような声で王様はほえるんだ！　女王様の耳に何やら言う、と、あたりにざわめきがおきた。

いっぽうの女王様はなんと色つやのある美しい声で話すんだろう！　まるでそののどの中に竹笛があって、その音色がするようだ。刀と刀の斬《き》り結びにみんなぞくぞくする。時々、白い衣装《いしょう》の人が出てきて、歌を歌い、たくさんのとてもすばらしい話を朗ずる。その芝居の内容は何一つ覚えていない。ただ目に、金糸・銀糸の輝きが浮かび、耳に王様の雷のような音声、そして女王様の笛のような声色が残っている。そしてあの大臣を思い出す、ずいぶんわたしたちを笑わせたから。

大臣を見て、すぐ見破った。彼はうちの村のパーン売りだ。市場でビリ[23]と一緒《いっしょ》に彼はパーンを売っているのだ。

今日、彼は大臣だ。王様との話がみんなを笑わせる。二人の奥方が彼をどんな風に支配しているのか、見せつけられるにつけ、笑いがこみ上げてくる。

ある日、彼は王様のところにやって来た。その頭の一方はそられ、一方は長髪である。

王様は見てぎょうてんした。

おたずねになった、「だ・い・じんよ、おまえの、そ・のす・が・たは、これ、いかに？」

大臣は王様の足元にひれ伏《ふ》して、「これはわたしの因果にてございます」

王様、「どういうことだ？」

大臣、「うちの二人の妻は、いつももめごとをしてございます。第一妻はわたしの髪をそり落としてしまいたいし、第二妻は長髪が好みです」

そこで言葉を切ってから、「ですからわたしは第一妻の部分をそり落とし、第二妻の部分の髪を残しているのでございますよ、王様」と言った。

はっはっはと王様はお笑いになった。わたしたちはあっちへこっちへと笑い転げた。

ずいぶん遅くなってから、カマルガンに戻ったが、昨夜見た三つの刃の芸が浮かんできたり、魔術師《まじゅつし》や、芝居に出てきた若い王子が浮かんできたりした。その刃から逃げきれる悪人はまずいないのだ。

幸せと悲しみの詩

美しいものはわたしの目を奪う。思索が込《こ》められたものはわたしの思索を呼び起こす。美しいものを見ると、ずっと後になっても、わたしはそれをその場で見ているような気になれたものだ。触れることができた。いろいろ思いめぐらしたものだ。

学校に入ってからのわたしは詩に心を奪われた。詩を読むのはなんてすばらしいんだろう。節をつけて朗ずる。言葉に魔術《まじゅつ》があった。どのようにして最初の行の末尾の言葉と次の行の末尾の言葉を合わせるか。それが合うと、魔法をかけた気分になる。詩人たちが言うことの内容もすばらしい。どうして、これほどすてきなすてきな思考が浮かぶのか？ どのように言葉を飾り、表現するか？ どのようにすれば、あんな風に合わせられるのか？ わたしは七、八年の間、その秘術にのめりこんでいた。

詩はどこで手に入れるか？ ベンガル語の教科書だ。教科書こそわたしの幼いときの詩の本だった。本をまるごと、詩のように暗唱していた。「韻文《いんぶん》の部」に続く部分に、とくに心を奪われた。前の部分である「散文の部」、それは頭脳部分だ。「韻文の部」は心の部分だ。教科書以外に本があるとは知らなかった。詩を学ぶために、自分の教科書を終えると、上の学年の教科書も読み終えてしまったものだ。「夜明けだ、戸を開けよ」「われらの小川」「オウギヤシの木が一本足で立っている」「雄リスと雌リス」を読んで圧倒された。「ケヤの葉の舟を作って花で飾ろう」を朗読すると、目の前に池があって、舟が浮かんでくる。幼いときには読んでとっても楽しい気分になる詩が好きなものだし、わたしも好きだった。しかし年を経るにつれて、楽しい詩より考えさせる詩、優雅な詩、凝った詩をより良いと思うようになっていった。

「もっとも偉大《いだい》な詩人はだれだね？」わたしが第四学年、五学年、六学年のときによくこんな質問が出た。そしてその後も。

「カジ・ノズルール・イスラム」[*24]クラスのほとんどがほぼ異口同音に答えた。

「ラビンドラナート・タゴール」[*25]と、わたし。二、三の者が同調した。

これについてずいぶん議論した。だれが偉大か？　ラビンドラナートか、ノズルールか？ノズルールか、ラビンドラナートか？

ある先生がそれに対してすばらしい判断を下した。

先生はおっしゃった、「今はおそらくカジ・ノズルール・イスラムが偉大な詩人だと思うだろう。しかし、もっと大きくなると、ラビンドラナート・タゴールを偉大な詩人だと思うようになるよ」

多くの者が年をとらないように努力し始めた。わたしたち数人は毎日、もっともっと年をとるように努力し出した。

しかし、少年のころのわたしを格別に魅了《みりょう》したのは、この二人の偉大な詩人の詩ではなく、別の二人の詩だった。

それまでずっと読んできた詩は皆楽しい詩だった。読めば心がわくわくし出したものだ。オウギヤシの葉に会い、河のあちこちの岸辺に行き、砂土に足をひりひりさせ、リスがグワヴァを食べ、三人の船乗りが一日じゅう競《せ》り合う。しかしこの二つの詩は胸の中を掘り起こし、悲しみをもたらす。一粒の涙が地上のすべてを変えてしまう。ゆらゆらしてくる。まぶたがぬれてくる。唇《くちびる》を震わせている。本を閉じ顔を覆《おお》う。だれにも見られないように。再び読もうとしたとき、詩のページがぬれているのがわかった。

　わたしが最初の悲しみに出会った詩の題は「カジョラねえさん」。詩人の名はジョティンドロモーホン・バグチ[*26]。当時のわたしはまだ悲しみというものを本当にはわかっていなかった。しかしこの詩を読んだあと、すべてに悲しみの影が落ちた。これほど美しい詩、またその中にあふれるこれほどの悲しみは、ベンガル語で書かれたほかのもののどこにあるだろう？

「竹林の上に月が昇った」この最初の行でカマルガンのおじいちゃんの家の情景が浮かんできた。うちの村に竹林はないから、たくさんあるカマルガンが思い浮かんだのだ。白昼にはシューシュー風が吹き、夜は皓々《こうこう》の月。

「母さん、わたしに詩を語ってくれるカジョラねえさんはどこ?」この問いかけに胸がどきんときた。その人はどこ？　その人はどこ？　そのあとの情景はそのまま、おじいちゃんの家にあてはまる――「池の縁に、ライムの木の根元に、あちこちの茂《しげ》みに蛍《ほたる》が光る――花の香りで眠れない。一人起きて過ごす」いろんな家の薄黄色のライムの情景――蛍が光っている――光った、消えた、ライムのつんとくる香りが漂った、ころころしたライムの葉のかぐわしい香り。眠れない。

「その日からねえさんを、なぜ、なぜ呼ばない？　わたしがねえさんと言うと、なぜサリーのすそで顔を隠すの？　なぜ、呼ばないの、なぜ、呼ばないの？　なぜ、サリーのすそで顔を隠すの？　わたしに詩を語ってくれるねえさんはいないの？　わたしに詩を語ってくれるねえさんはいないの？　死んでしまったの？」

そうだ、わかった、ねえさんは死んでしまったのだ。だから、食事のときもねえさんは来ないんだ。何度呼んでも来ないんだ。これからも来ないだろう。絶対来ることはない。これがわかったあと、どうやって涙を抑えていられよう？　どうやって後に続く行を読めというのか？　母さんに質問した、あの幼い少女、ねえさんがいないとはどういうことなのかを。理解できたのか？　もういることはありえないなんて？　竹園で、池の縁で、ライムの木の根元でねえさんを見つけることはありえないって。もうねえさんが詩を語ることはありえないって。

「ねえさんのようにみんなをだまして、わたしも隠れてしまったら……」これ以上、その詩を読めなかった。涙でぬれてしまった、本のページが、竹林にかかった月が、蛍《ほたる》の羽が、ブンイ・チャンパの花とシウリの花（どちらも夜咲いて、よい香りを漂わせる）の木の根元がぬれてしまった。雌のブルブル鳥の目が涙を浮かべているようにとろとろしてきた。胸のうちで泣き出した。ずいぶん遅くまで起きていた、ただねえさんの顔かたちを思いながら。

そのねえさんの名はなんてすてきなんだろう。カジョラねえさん！　その目には黒いカジョル（目の化粧具として使う黒すす）が。目に浮かぶようだ。

肌の色も黒すすのように柔《やわ》らかい。ねえさん！　わたしがあなたの悲しみを聞こう。消えることのない悲しみとなってその詩が胸にしみ入った。その詩の描写《びょうしゃ》の数々はなんて美しいんだろう！　これほどの美しさの中にこれほどの悲しみがあるなんて。

最初のこの悲しみに出会ったあと、もう一つの本によって、わたしの二番目の悲しみが焼き付けられた。そう、二番目の悲しみ。

小さな胸は一度にゆらゆら揺れ出した。詩の題は「もぎ取られたつぼみ」。詩人の名はショテンドロナート・ドット[*27]。あとで聞いたところでは、その人は韻律《いんりつ》の魔術師《まじゅつし》と呼ばれていたとか。わたしにとっては悲しみの魔術師となった。

この詩は「カジョラねえさん」ほどは、すばらしい描写に満ちていない。「カジョラねえさん」は、一人の少女の言葉で語られている。この詩の言葉遣いは父さんのものと思える。その言葉の中にどれほどの思索がこめられていることか。型にはめると、目の前に浮かんでこず、思いを凝らすと、胸の中に沈殿《ちんでん》する。失われてしまったことがらを父さんはそのまま語らない。遠回しの表現をするのだ。直接それと言わずに、その周りの「もの」で表現する。だからこそ、悲しみはいっそう重く、胸に積もる。

「いちばん小さい食事用の台、それをもうだれも使うことはない」――と出だしから、胸にどっと押し寄せてくる。なぜ、いちばん小さい台なのか？　うちの食事用の台を思い浮かべる。母さんが食事のときに出してくる台、食事が終わればまとめておく。いちばん大きな台が下、その上にちょっと小さい台、その上はさらに小さく、いちばん上にいちばん小さい台。一時はわたしがそれに座っていた。今はカラムが座っている。アブル・カラム・アザド。

「その小さいお皿にご飯が盛られることはもうないだろう」―胸の内で叫び声が上がる―なぜ？「その小さいグラスに水がない」―なぜ？　では、彼はいないのか？　いちばん幼かったのに？「いちばん最後に来たその人の食事がいちばん先に終わってしまった」今度はどんな鈍《どん》感《かん》な者にもわかるだろう、その幼いたいせつな人は死んでしまったのだ。花が咲く前に、そのやわらかいつぼみが散ってしまった。胸いっぱい、茫々《ぼうぼう》とむなしい音が聞こえる。洪水になってあふれる、塩辛《しおから》い水が。

その子はわずかなもので十分に幸せだった。たくさんは欲しがらなかった。じゅず玉の首輪は彼にとってダイヤの首飾りだった。幼かったからこそ、影を恐れ、猫《ねこ》を恐れ、すべてを恐れた。しかし「その子が開けたのだ、暗い部屋のかぎを！」目の前に見える、暗く、さらに暗い部屋が。そんな部屋に入るのがなんて怖いか、その部屋の錠《じょう》を開け、幼いたいせつな人は入ったのだ。その暗い部屋とは―死？　そう、そうなのだ。胸いっぱい、悲しみのしのび泣き。

「失われた。あのすばらしかった笛の音が」

「サリーのすそを開いて、とつぜん、流れに浮かんで去った、シウリの花の山」

わたしはそのとき、涙に浸《ひた》っていた。その涙のあとはまだ残っている。

この二つの詩は胸の奥深く、涙のように、今でもゆらゆら揺れている。ささやくようなしのび泣き。わたしの胸の一隅《いちぐう》にひそむ悲しみ。幼いときに読んだこの詩二つはまさに、わたしが、初めて悲しみというものを知らされた教科書だった。それを読んだときのことを今でも忘れることはない。

あれはだれの家？

「父さん、あれはだれの家？」

「あの家はね、ジョゴデイシュ・チョンドロ・ボシュの家だよ」

幼いころのわたしの教科書に、こんな興味をそそる会話があった。ジョゴデイシュ・チョンドロ・ボシュ。ジョゴデイシュ・ボシュ。J・C・ボース[*28]。その人のことは、この本を読むずっと前からわたしは知っていた。ラリカルへ行けば、みんながその人のことを話す。会った人はいない。ただその名を知っている。その人がわたしたちの村―ラリカルのあの家で生まれたと言われてきた。

そこは今はもう樹々がジャングルとなってしまった。その家の南にある池の端に、雲がかかった数本のオウギヤシの樹がある。その家の樹々と深いジャングルの中に、古い、れんがところどころ落ちた建物がある。

「あの家でその人は生まれた。あの家に、その幼少の足跡が記されたのだ。あの家がその人の家だ。その家はラリカルにある。だからラリカルもその恩恵を受けている」と、その人の名を引きあいに出す。野原の牛飼いたち、奥さんたち、大人たち、子どもたちが。わたしたちの学校はその人の名を冠《かん》していた。サー・J・C・ボース・インスティチューション。その学校でわたしたちは学んだ。その人の名はわたしたちの体にしみついているのだ。「ある王様がいらした」と聞けば、それなりに戦慄《せんりつ》が走るが、それよりもっと身震いしたものだ、その名を聞いて。

あの人はわたしたちにとっておとぎ話の王子様だ。樹に感覚があることをご存じだった。あの人が、最初に樹にも感覚があることを発見したのだ。樹々が泣く、人が泣くのと同じように。樹々が笑う、人が笑うように。この話をわたしたちの村の人たちが語り、それに感銘していた。それを聞いて、わたしたちも感銘した。樹に感覚が？　世界のだれも知らなかった。みんなに先駆けて表明したその人がわたしたちの村の出身なのだ。言葉では言い表せないおののき、鳥肌の立つような緊張が一陣の風となって、身心を、すべての血管の中を吹きぬけたものだ！　樹が泣く！　長いこと眺《なが》めていた、樹の泣いている顔を見ようとして。真夜中に耳をそばだてていた、樹の泣く声を聞こうとして。そして、これはおじいちゃんのお墓のところにあるコリフルの樹の茂《しげ》みが泣き出すんだと思ったものだ。

樹のくすくす笑いを聞こうと、何日もたくさんの樹の周りをうろついていた。

あの人はわたしたちの村を愛していた。わたしたちの村にとってあの人がどれほど誇《ほこ》りであり、また栄華《えいが》の象徴であったか。あの人が出し抜かれた出来事は、わたしたちの村にとってとても残念なことだった。わたしたちの村の無念の思いは、長いあいだ、多くの人によって語り継《つ》がれてきた。

あの装置、キーを回すと、遠くから歌が流れてくる、ほかならぬ、七大発明の一つ、それもジョゴデイシュ・ボシュが考案したそうな。わたしたちの村のみんなが確信を持っている、ラジオの考案者はジョゴデイシュ・ボシュだと。その屋敷《やしき》地があれだ。それを、西洋のだんなたちが策して、マルコーニをラジオの考案者に仕立て上げたのだ。それだけではない——ある人はこんな風に言っていた。ジョゴデイシュ・ボシュがイギリスで彼の機械装置を披露《ひろう》したそのとき、マルコーニがそれを見て、盗用し、ラジオを作ってしまったのだと。だからジョゴデイシュ・ボシュはラジオの発明者とされていないのだ。その話を聞いて、無念の思いでいっぱいになったものだ。

うちの村は東西に長い。西の端に木の橋があり、東の端にジョゴデイシュ・チョンドロ・ボシュの森に囲まれた家がある。うちから出て、小道を通り、県道に上る。耕地から少し高く、あぜ道よりも少し広いこの道——バッゴクルからスリノゴルへ、あるいは、スリノゴルからバッゴクルへと続いている。この道に上り、東を指して歩かねばならない。金曜以外は。学校へ行くために。

五分ばかり小走りに歩くと、ビビ池があり、小学校がある。その道は小学校を過ぎると北に曲がる。少し東に行く、そのあとまた北、そしてまた東をさして行く。今度は五〜七分ほど歩き、そこで少し立ち止まって北の方を見る。ビシュヌさんが沐浴《もくよく》しているかな？ 沐浴場にその姿が見えたら走れ、始業の時間になっている。一分でわたしの学校だ——南の方角にわたしたちの学校の長い建物が見える。門には「サー・J・C・ボース・インスティチューション」[*30]——と記されている。もう少し歩けば、ラーマクリシュナ・ミッション[*29]——そこで、ビッダシャゴルによく似たボンキムさんに会える。さらに行くと、ジョゴデイシュ・チョンドロ・ボシュの家。オウギヤシの木が立っている。千ほどの樹々に囲まれて、その家はちょっとしたシュンドルボン[*31]だ。

わたしたちの学校では、校長先生の部屋の西側の壁にその人の写真が掛《か》けられている。ジョゴデイシュ・チョンドロ・ボシュにふさわしいと思える写真だ。これほどすばらしい写真、よそで見たことがない。神様の使いのような顔、目に丸い眼鏡《めがね》、頭の毛は真ん中分け。真ん中で分けているのがとても魅力《みりょく》的に見えた。ある日、わたしも自分の髪を同じように真ん中で分けてみたのだ！　金のフレームの軽い眼鏡も家にあった。真ん中で分け、眼鏡をかけて、何度も自分を見た。そして内々、校長先生の部屋にある西側の写真と重ね合わせたのだ。長いこと、校長先生の部屋のその写真を見ようと、のぞきこんだものだ。

大きい人は大きくなる。そういう人はまだ幼いときから、その兆候がたくさん見られる。イッショル・チョンドロ・ビッダシャゴルはコルカタへ行く途中、里程標を見て、歩きながら、ワン、トゥを学んでしまったのだ。ラビンドラナート（タゴール）はありのすすり泣きについて、幼いときに詩を書いた。そしてジョゴデイシュ・チョンドロ・ボシュは、わたしたちの持っていた本に、子どものときに、「チルーニー」（羊毛をすく機械）の語の意味を、「ファルーニィ」（くし、筬《おさ》）と言った、とあった。読んで戦慄《せんりつ》した―なんて賢《かしこ》いんだろう、彼は。まだ幼いときに、本に書かれていなかった意味、自分でその意味を考えたのだ。当時のわたしたちは、すべての言葉の意味は、本に書いてあるとおりだと思っていた。まず、本で言葉の意味をそのままうのみにし、それから口にしなければと。どんな本にも書かれていない、説明していないものを自分の頭で考え、解釈できようか？　しかし、ジョゴデイシュ・チョンドロ・ボシュ、わたしたちの村のあの屋敷《やしき》、遠くからもそのオウギヤシの樹が見えるが、そこで生まれた彼は自分の頭で考えることができたのだ。だから彼はこれほど偉大《いだい》なのだ。樹が泣いているのを聞きとったのだ。

わたしたちの村の東端にジッカの樹（寿命《じゅみょう》がたいへん長い樹）が見えるが、それを見るたびに、ジョゴデイシュ・ボシュのことを思い浮かべる。とてもどっしりした樹だが、やさしい奥さんでもある。ちょっと力を加えれば、その太い枝が折れる。つめでその外皮をむしり取ることができる。どろどろとその涙が流れ落ちる。悲しみのあまり、声を出さずに泣いているようなジッカの樹。その涙が流れて、やがてみつロウのようにたまる。つめでむしるのは心地よい。ジョゴデイシュ・ボシュの家にジッカの樹はあったのかしら？　その樹の外皮をむしって、樹も感覚があると、初めてわかったのではないか？　樹が泣く？　樹を愛されたので、あの家にはディゴの木、オウギヤシ、ライム、バナナ、そのほか、名前がわからない樹々がたくさん集まっているのか？

いちばん小さな台《ピンリ》

ポッダ河にイリシュ魚がたくさんいる年、ポッダ河に脂《あぶら》がのったイリシュがあふれる年、そういう年は雨季の終わりになると、必ず、恐ろしいことが起こるのだ。毎年多少はあることなのだが、イリシュがたくさんいた年は、恐ろしい事態にまで発展する。

その時期はふつう、アッシンからカルティクの月（九～十一月）だ。わたしたちの村では、水がほとんど引いて、冠水《かんすい》していた道が出てくる。そろそろ露《つゆ》が下り始める。そんな最中に、突然、ジョシルデイアで吐《は》いた人がいるとのうわさが上がる。カンディパラでは二人が吐いたという。バグラでは数人が吐いたとか。カマルガンでは二人死んだと。バッゴクルの漁師たちの部落で号泣が上がる。コレラの兆候だ。ポッダ河の岸辺を伝ってオラビビ[*32]が駆けまわっている。白いサリーを着、髪を振《ふ》り乱して、あるときはくすくす笑い、あるときは泣き叫ぶ。その笑いを聞いて、ポッダ河を渡る舟人は舟の中で吐いてしまう。稲《いね》を栽培《さいばい》している農民たちは、腹を両手で押さえて座りこむ。そして家にたどりつくとすぐに、死に神のひざに崩れ落ちるのだ。コレラを目の前にして、村々は沈黙する。こっちの集落、あっちの集落から、突然、叫び声や嘆きの声音が流れてくる。犬たちがはげしくほえる。コーランの読唱や、ジクル（称名《しょうみょう》）のおどろおどろしい声が聞こえる。村じゅうが震え上がる。村の幼児たち、若者たち、娘たち、

年寄りたちが。

わたしたちの村でコレラが発生したことはない。毎年、コレラはジョシルデイア、カンディパラで発生する。バッゴクル、カマルガン、バグラで。

「バグラでコレラさ見たさ」

「カンディパラで二日のうちに七人、コレラになったさ。六人、死んだと」

「バッガクルでも、きのう、出たとさ」

コレラになった人の話を聞くと、恐怖がさらに増し、震え上がる。コレラはただの病気ではない。それは死をもたらすだけではなく、人知を超《こ》えた恐怖をもたらす。その恐れは血管の中に雪のように積もって、血が固まってしまう。年寄りがさらに恐怖をあおる。カラの母さん、ナイベルの父さん、プシュのおばあさん、コリムのおじさんのように、年寄りの口からひそひそ話がもれてくる。

その話を聞いて、わたしの恐怖はつのる。わたしと同じ年ごろの者たちも同様だ。あの年よりたちは、地球が丸くて、続いているとは思っていない。地球が回転し、止まることはないなんて知りっこない。なぜ病気になるのか、コレラになるのか、わからないんだ。年寄りたちの話といえば、ある女神様のこと―オラビビのこと。そのオラビビがお出ましになり、そのサリーのすそがふれ、髪が揺れると、そこにコレラが出てくるという。そして夢で見た迷信《めいしん》に黒く染まった話をみんなでわかち合っている。

「わしはその夜、夢に見たさ、わしの新しい舟がバッゴクルの水路で沈んだのを」一人の年寄りがその凶夢《きょうむ》を披露《ひろう》する。

「わしゃ家の屋根の上をば、急流が流れてくのを夢に見たんでさ。屋根の支えの竹が壊れてしまった」もう一人の人は泣き出す。

「わしの見た夢ときたら、村じゅうに火がついたさ」とさらに一人。

こんな不吉《ふきつ》な夢ばかり話し合う。しかしそれだって、だれかが死ぬような恐ろしい事態になってから話すのであって、起こる前からこうした夢の話をするわけではない。わたしは聞いて、縮み上がる。ねえさんの手にすがり、弟を抱きしめる。家の中でだれも使用していないような場所に行かない。池の縁に行かない。白昼に家から出ない。ガーブの木陰《こかげ》に行かない。

その年、カルティック月は終わり、オグラン月になった（十一月半ば）。陽光は以前よりだいぶ弱くなって、霧が出始めた。北の冠水《かんすい》した道路の水は引き始めている。田では稲《いね》が実り、黄絹のように広がり始めた。東の池ではノラ魚がさかんに跳《は》ねるのが聞こえる。わたしの試験は終わった。わたしはそのとき、十三歳半だった。夕方のどらがいくつか鳴ったあと、とつぜん、東の集落から叫び声が流れてきた。オグラン月の夕やみと露の覆《おお》いが破られた。数人の女性が必死になって叫んでいる声が広がり、うちの村人は肝をつぶした。

その泣き声にみんな震え上がった。

わたしたちの集落からナイベルの父さんのかん高い叫びが尋ねている、「どうした、なんで泣いてるね？」

東の集落からだれかが答えたようだ、「コ・レ・ラ。バンシが死んじまった」

周囲に叫び声が上がった。こっちの集落、あっちの集落から。東の集落からバンシの母さん、姉さんの泣き声が上がった。村じゅうが恐怖に陥《おちい》った。わたしたち三人の兄弟と、妹一人は走って、仕切りのついた寝所に潜りこんだ。ランプの光が何やら恐ろしげに揺れ出した。東の集落から泣き声が流れてきた。わたしたちの集落がとつぜん、真っ暗になったように思えた。この集落にもう太陽が昇ることはないのではないか。

そんな夜、どうして眠れよう？　一枚の掛《か》け布の中にわたしたち四人のきょうだいと母さん。寝所の向こう側に父さん。まどろむかまどろまないうちに、夜中、叫び声が聞こえ、オラビビの振《ふ》り乱した髪や、サリーのすその話を思い出していると、朝になった。

東の集落にあるバンシの家からの泣き声は小さくなっていた。バンシが死んで、母さんと姉さんが泣きくれていた。ところがその夜にだ、今度はバンシの母さんがコレラになり、明け方になって死んでしまった。姉さん一人残されて、あとどれだけ泣くことやら。

ある家では、コレラで二人死んだ。その知らせが飛び交《か》った。

わたしたちは家から出なかった。

少したってから、バンシの隣の屋敷《やしき》でフェル・カーンがコレラになった。コレラが機織りの家に現れたとの知らせがきた。数人死んだ。何人かは吐《は》いている。

コレラは西の集落に現れた。

朝十時のどらが鳴るとすぐに、うちの村全体がコレラに乗っ取られたという知らせが来た。五、六人死んだらしい。村は身動きできなくなった。

突然、称名《ジクル》が聞こえ出した。数人のモウラビ（イスラムの宗教指導者）がコーランを手に東の集落から西の集落へと駆け回っている。家の下を、木の下を駆け抜けていく。水をまたいで、小道に上がり、走ってある家に入っていった。再び野原に下りていく。強く、力をこめて祈願祈とうをした。その口からついて出る声音―たいへん恐ろしいその音声に、寝所の一隅《いちぐう》で目を閉じ、じっと身を縮めていた。だれかがコーランの最後の章を村で読まねばならぬと、家々に触れてまわっている。最終章を朗唱すれば、のろいが払われると言う[*33]。大勢のモウラビが泥土《どろつち》の家でコーランを開いて朗唱し始めた。ジクルの声音が村のあちこちで起こった。

昼近く、わたしは家から出て、北側に来て立ちどまった。カラム、わたしの三歳の弟が手をしっかり握っていた。彼はとても怖がっていた。わたしはとても怖かった。

白昼の村の方を見て恐怖にとりつかれた。未知の暗やみの中のとある国に立っているような気がした。だれかのサリーのすそがこの道で揺れている。ジャングルのそばでくすくす笑い声が聞こえた。その数本の髪の毛が、うちの庭にそっと触れたように思われた。彼女はすばやく歩いて去ってゆき、そのときに通りの柔《やわ》らかい土に足跡をつけた。シルシルと、体じゅうの毛が逆立った。

今すぐわたしも吐《は》くのだろうか？　カラムは吐くのだろうか？　母さんが吐くのか？　コレラになった者が死ぬのはなぜ？　ほかの病気だとこんなことはない。こんなにあっけなく死んでしまうことはない。

だれもお医者さんを呼んでこないのはなぜ？　ジクルが病気に効くか？　効くはずがない。

医者が一人、バッゴクルにいる。その人を連れてこられるほどお金のある人がどのくらいいる？　バンシの家に金はない。機織りに金はない。それに呼んだところで医者は来ない。

豚《ぶた》の皮のようにその日はぶら下がっていた。なんて重く、動かないのか。太陽が暗く思えた。わたしたちの村は昼なのに夕方になった。そうしている内にも、泣き叫ぶ声が流れてきて、胸がつぶれそうだ。恐ろしいジクルの音声。死体を運ぶ棺架《かんか》をモスクから出したり戻したりするばかり。死者の名を公表する声がするばかり。わたしは心の底まで乾ききっていた。

妹はすっかりうつろになっていた。嫁《よめ》さん人形をそばに、時々コーランの章を朗誦していた。年下の弟までいたずらをぱったり止めておとなしくなっていた。いちばん下の弟のカラムは中でもいちばんおとなしくなっていた。三歳だった。おしゃべり好きでいつもおしゃべりばかりしていた。その彼さえおしゃべりを忘れていたのだ。

夕方を過ぎると、わたしたちの村は沈黙の地獄《じごく》と化したように思われた。時々、哀れな声で犬たちがほえていた。そしてあのジクル。なんて恐ろしい声音だろう、ジクルは。北の方から聞こえてくる。東の方から聞こえてくる。ちょっとの間、つぶやき。それからまた、恐ろしい大音声が胸を突き破って南の方からやって来る。あの人たちは祈とうして、たちの悪いコレラの女神を追い払おうとしているのだ。家の寝所のむこう側に父さん。こちらに母さん、そしてわたしたち四人。

上の姉さんを思い出した。彼女はラジバリにいる。そこはこんな心配はない。怖いのはここらの村だけだ。恐怖のうちにわたしたち数人はうとうととまどろみ出した。

次の日の明け方に、さらに何人かが死んだと伝えられた。西の集落で、東の集落で。機織りの家で。

泥土《どろつち》の家で十時ごろ、コーランを朗唱しながら一人が吐《は》いた。医者を呼ぶ時間がなかった。周囲はなんて静まり返っているのだろう。家から北の方角にある表道まで消されてしまったかのようだった。その道の上にある船頭の家は、まるでやみに沈んでしまったかのよう。カラムはわたしの手をずっと握ったままでいた。じっと眺《なが》めて何を考えていたのか。

「怖いよ」カラムは言った。

それを見てわたしもべそをかきたくなった。わたしも怖かったのだ。

昼下がり、うちの屋敷《やしき》地の南で小さい男の子が吐いた。カラムと同じ年だ。

叫び声が上がった。たくさんの祈願が読まれた。その子の父さんはお医者さんを呼びに走った。

しかしお医者さんが来るまえに、死んでしまった。

うちの屋敷地内にコレラが侵入してきたのだ。

埋葬《まいそう》前の祈とうの声、祈願の声、屍衣《しい》のかさかさする布、嘆き悲しむ声、わたしたちはその棺架《かんか》を囲んでいた。

その子の死体が持ち去られた。わたしたちみんなして泣いた。カラムも泣いていた。

夕方のあと、再びわたしたちみんなして寝所にいた。吐く、吐くという思いを抑えていた。

おそらく少し眠ったのだろう。

真夜中にカラムが泣き出した。「母さん、吐《は》きけがする」

わたしたちは跳《と》び起きた。カラムは母さんのひざに吐いた。ゴン、ゴンと、ジョドゥ・バブゥの屋敷《やしき》のどらが十二時を告げた。そのときわたしは十三歳だった。胸いっぱい勇気がわき出てきた。窓を開けてみると、外は厚い暗やみに覆《おお》われていたが。

「父さん、行きましょう、お医者さんを呼びに」わたしは泣きながら言った。父さんはためらっているようだった。すっかりうろたえてしまっていた。

「なんてことだね、こんな夜遅く、どっから医者さんを連れてくるだね?」父さんは言った。

そしてこの言葉のために、わたしは内心、ずっと父さんを許せないできた。

「行きましょう、バッゴクルに。お医者さんを連れてきましょう」

わたしはそのとき、八学年生だった。試験ではいつも八〇点以上を取る。そのわたしが知らないわけがないではないか、コレラになったら、点滴《てんてき》以外は効きめがないことを。コレラに祈願祈とうは効かない。ジクルは効かない。

「行きましょう、バッゴクルに。お医者さんを連れに」

しかし父さんはじっとおし黙ったままだった。母さんはカラムをひざに乗せて座っていた。

時々、塩水を口にやっていた。

バドゥルが泣いた、ナジュが泣いた。わたしが泣いた。カラムの脈を診《み》た。しだいに冷たくなっていくように感じられた。

再び、カラムは吐いた。母さんのひざに下痢《げり》をした。

そのときは夜もだいぶ更《ふ》けていた。明け方までにだいぶ時間がある。医者を連れてくるのがだいぶ遅くなる。そんな長いこと、カラムはもつだろうか？

しかしカラムは時には話を始めた。

「母さん、僕のためにいいお医者さんを連れてきて。僕、助かりたいんだ」

母さんは泣いていた、「そうね、いいお医者さんを連れてくるわ」

わたしはカラムの手を取って座っていた。みんな泣いていた。

「僕、にいさんのひざに行く」

わたしは弟をひざに抱き上げた。みんなが彼を囲んで座っていた。

どのように黙って静かに、冷たくなっていったか、弟は。しかし、時々、話をした。

「いいお医者さんが来たら、僕死なないよね、母さん」

再び吐《は》いた。カラムの目は閉じられてきた。

「いいお医者様は見るからにりっぱだもんね。いらしたら、助かるんだ」

こうして夜が明けてきた。そのときも、カラムは話すことができた。彼は助かると言っていた。

父さんは夜が明けるやいなや、バッゴクルへ走った。行くのに少なくとも半時間はかかる。来るときはそれよりかかるだろう。りっぱなお医者さんは早く歩くことができない。

しかし二時間たっても父さんは帰ってこなかった。お医者さんが見つからないのか？　いればば、もうこちらに来ているはずだ。カラムはもう話をしなくなっていた。黙ったままでいる。

わたしたちは叫び声を上げて泣いていた。カラムの脈がない。冷たくなっている。話をしない。目を閉じたままでいる。母さんは胸が破れたような叫び声を上げた。

その叫びに、わたしの胸もつぶれてしまった。カラムは死んでしまった。再び生き返るだろうか？　もし今、彼の言うりいいお医者さんが出現したら？　気がつくと、父さんがいいお医者さんではなく、バザールに店を構えるホメオパシー（同毒療法）の先生を連れてきたではないか。その先生の調合薬ときたら頭痛にも効かない。父さんに対して激しい怒りを覚えた。

その人は脈を取って、カラムは死んでいると言った。

わたしだって、カラムが死んでしまったことはとっくに知っていた。でなければ、話をしていたはずだ。彼の手、体はこんなに冷たくなっていないはずだ。お医者さんが来なかったから、わたしのいちばん下の弟、カラムは死んでしまったのだ。

その日はオグロンの六日（十一月十九日）だった。カラムの年は三歳二か月。それ以上大きくならない。助かりたいと言いながら、眠りにおちた。わたしたちは彼に水を振《ふ》りかけた。しかし彼は動かなかった。話をしなかった。父さんは黙っている、母さんは黙っている。カラムは目を開けない。寝所のじぶんのまくらに頭を置いて、カラムは眠っている。このまくらでカラムがもう眠ることはない。寝所でもう彼を見つけることはない。彼は、以前、こんな風に眠ることはなかった。彼は眠るとき、唇《くちびる》を動かした。彼は眠るとき、まぶたを震わせたものだ。彼は眠るとき、手の指を震わせた。今、何にも動かない。

いやだ、最後の沐浴《もくよく》をさせたくない。いやだ、屍衣《しい》を着けさせたくない。その死を公表させたくない。何度もその指に触ってみた。唇《くちびる》を手でなでた。呼んだ、カラム、と。母さんは泣いていた。ナジュは泣いていた。バドルは泣いていた。父さんは泣いていた。家のほかの者たちも泣いていた。いやだ、彼に屍衣《しい》を着けさせたくない。いやだ、彼に屍衣をつけさせたくない。いやだ、彼に屍衣を着けさせたくない。

しかし彼を沐浴《もくよく》させた。屍衣を着けた。冷たい水なのに、少しも身震いをしない、カラムは。ただ、少し固くなり、青くなった。まぶしい真っ白な色の布で小包のようにカラムは巻かれていた。カラムはその屍衣の中で眠り、わたしをもう兄さんと呼ぶこともない。

北西の野原に、小さな墓穴が掘られた。ひとにぎりの墓穴。下ろしてやった。飛び下りて、一緒《いっしょ》にその墓穴に座ってやりたかった。とても怖がるだろう。この野に夕方来られるほどの勇気を持つ者はない。カラムは一人でここにいるのか？　しかししだいしだいにカラムの死体の上に土が積もってきた。カラムの死体の上に。カラム。カラム。

すべてはむなしくなった。数日前、わたしたちがこの野に植えたコショウの苗木がある。カラムが自分の手で、この苗木を植えた。苗木はきらきら光っている。しかしカラムはいない。北にいない、西にいない、家にいない、寝所にいない。ケジュルの木の根元にいない。ザクロの木の根元にいない。夜、床にいない。食事のときにいない。わたしをもう兄さんと呼ぶこともない。あんなに楽しげにカラムはおしゃべりをしていたのに。

カラムはもう話をしない。わたしの手を取って、くすくす笑うことはない。自分の台を胸にかかえて下ろすことはない。ケジュルの木馬を走らせない。夜、手を伸《の》ばし、触ろうとして気がつく。カラムはいないと。
うちは暗やみになった。朝の食事が午後になり、昼の食事が夜になる。母さんが食事を忘れてしまうのだ。目をやる方にやみが見え、その中にちらりとカラムの顔が見える。彼の話す声が聞こえてくるようだ。試験の結果が出るのに集中できない。ひねもす墓の周りをめぐる。土が揺れる。目を閉じると、幼子のようにすぐ涙が出る。内心つぶやく。カラム、カラム。おまえがこんなにすべてのものに宿っているのはなぜ？　これほどみんなむなしくなってしまったのに？

カラム、またおいで。おまえのためにりっぱないいお医者様を連れてくるよ。カラム、おいで。おまえに会いたくてたまらない。おまえは土の下でどうしている？　土を掘って、おまえを抱きしめたい。

もし、おまえが生きていたら、おまえの年は今、二十七歳だ。でも、おまえはいない。だからおまえの年は今も三歳二か月だ。カラム、アブル・カラム・アザド。おまえの名前の最後は今、わたしのと同じだ[*34]。

二十四年前に味わった言葉にならない涙がまた出てきて、わたしのまぶたが下りてきた。のどが膨《ふく》らんできた。まさにその日、オグラン月の六日、おまえが去っていった日と同じように。

おまえは今、いる。わたしのひとみのうちに。胸の左端に。

瀕死《ひんし》の村

　村が死にかかっている。村の人々が死にかけている。ラリカルが死にかかっている。かつては甘いみつをたっぷりふくんだ若い娘のようだった―麗しい《ルポシ》女性*35―月のようだった。それなのに、どんな病にかかったのだろう。その目は座っていて、黒いくまが目の周りにある。あの丸顔の、張り切った顔ではない。なんてしおれてしまったのだろう。今にも倒れそうだ！　村は死にかかっている。ラリカルは死にかかっている。その胸の中に、どんな病が居座ったのか？彼女をひそかに浸食《しんしょく》しているのはどんな病か？　ついには死ぬのか？　墓に入るのか？　それを取り囲んで、夜中、数匹の血走ったジャッカルがほえるのだろうか。

　今、わたしたちは都市にいて、村の歌を歌っている。写真で村を見る。首都の路上でバティヤリ（舟歌）を歌う。劇場で熱狂《ねっきょう》的にバワイヤ（男女の愛の歌）を奏《かな》でる。わたしたちは村から逃げてきた。たくさんの人が村から逃げてきた―逃げてきた、わたしは。

　あの村を夢に見る―ラウの巻きひげと明け方の花の輝きを夢に見る。しかし帰る道はない。わたしたちの集落はいま、ジャングルだ。二十年前だったら集落はささやいていた。今はジャングルだ。ジャッカルと蛇がわたしたちの集落の森に驚くほど群れている。道の北側にある船頭の家は輝いていた。その池の沐浴《もくよく》場は昼から夕方まで人がたくさんいた。いま、その沐浴場はない。船頭の家ときたら、まるで墓場のように寂《さび》れて見える。

うちはいま、黒いジャングルに覆《おお》われている。たくさんの新しい木々が生えた。北側はもう小さな森のように見える。家屋は老人のように傾いてしまっている。池いっぱいのホテイアオイ。以前、池は鏡のようにきらきらしていた。牛ふんを塗《ぬ》った中庭[*36]は手のひらのようにきれいに光っていた。今、そこはジャングルだ。木や葉が口々に今、村は死にかかっていると言う。そう、村は死にかかっている。やがて地上から村は消えるだろう。

北の表道はそれほど高くなかった。平坦《へいたん》ではなかった。野原からちょっと高くなっているだけだった。

その道をたくさんの人が歩いて通った。雌牛が行った。幼い子どもたちが跳《は》ねながら行った。牛飼いが道をまたぎ、雌牛たちに湿地で草を食べさせ、また連れて帰ってきた。村の道は歩くものだ。時々は自転車で行ったが。学者様は上半身裸《はだか》で、ずんぐりした体を揺らしながら、その道を通って、バッゴクルへ行った。午後には帰っていらっしゃる、ガムチャ（手ぬぐい）の中にいろんなものを入れて。左手には黄色いバナナの房があった。

ビシュヌだんなは黒いきらきらした靴をはいて戻られた。北のカマルガンの書記さんは毎朝、自転車でスリノゴルへ行った。夕方に戻ってきた。

たくさんのしんちゅうとアルミニュームの皿やら容器、土なべを持って荒物屋が行った。彼らは小走りに歩いていた。

糖みつ屋が行く、頭に糖みつを載せて。シノノゴルへ、三マイル半の道のりを行くのにあとどのくらいかかるか！　一つ、二つとおかごだって行った。実家や、しゅうとの家へ行く奥さんだけに許されたのだ。わたしたちは学校へとみんなして歩いた。その足の響きに、高くもなく、低くもないあの道は喜んでいたものだ。

なんておかしな考えに取りつかれたのだろう、国のある有力者は―その道をずいぶん高いものにしてしまった。そのためたくさんの地面を掘って、両側に水路を造成した。[*37]遊び場だった野は水路になってしまった。道は高くなった。しかしすべてが水に支配されているわたしたちの土地で、あえて水にさからうほどの力がある者がいるのか？

道は高くなった。しかし雨期には冠水《かんすい》する。水が引けば、いずれ出てくるのに。益より害のほうが多い。雌牛たちはもう道をまたいで野原や低湿地へ行けない。だから雌牛たちに低湿地から草を取ってきてやらねばならない。雌牛が野原へ行けないような村は、村と言えるか？

その道を今はうっかり歩けない。その道をガーガーわめきちらしながら、おんぼろジープが走っている。農夫や、トウガラシ売りはジープに乗らねばならない。歩けなくなり、みんなしておんぼろジープに乗らねばならなくなる。おんぼろジープにわたしらの村は乗っ取られている。国じゅうが。そしてしばしばあちこちでうつ伏《ぶ》せに倒れている。

ラリカルで迎える死とは、老いて死ぬことだった。または幼いうちに病で死ぬこと。これがラリカルでの死だった。ラリカルでジープの下敷《したじ》きになって死ぬ者が出るなんて、だれが予想できただろう？

だれも予想しなかった。ジョゴデイシュ・ボシュすら。しかし、今、ラリカルで、糖みつ売りがジープにひかれて死ぬという事故がおきている。バラスールでは、電線に絡《から》んで漁師が死んだ。電線はラリカル、バッゴクル、カマルガンと続いている。その電線から取れる光はほんのわずかだが、その電線に触れて時々死んでしまうことがあるのだ。

バラスールの漁師が魚を持って、バッゴクルに行く途中だった。一匹の魚がカボチャ畑に跳《と》びだした。その魚を探しているうちにちぎれた電線をつかんでバラスールの漁師は死んでしまった。ラリカルでは今、ちぎれた電線が絡んでいる。

この国の都市が近代都市になることはない。スラムになる。この国の村はもう村のままでいられなくなるだろう。スラムになってしまう。

どうして村が死なずにいられようか？　不滅《ふめつ》のポッダ河が死んだのだ。その死体をわたしは見た。国じゅうが狂気《きょうき》に覆《おお》われている。かれらの狂《くる》った考えにみんなが熱中する。ポッダ河からたくさんの水路が伸《の》びて、水がアリアル湿地帯《ビル》に行く。アリアルの湿地はポッダ河の泥水《どろみず》が来なくなっても肥沃《ひよく》でいられるか？　それは無理だ。ポッダ河の泥の水、砂質の土があってこそ、アリアルの湿地に緑の草が生えるのだ。うかれ狂った者どもが集まって、いま、水路の出口をふさいでいる。いまはもう、ポッダ河から泥水、砂土がアリアルの湿地に来ない。アリアルの湿地には、だから、黒い排せつ物の水がよどんでいる。その水の底で、土は硬く、石になっている。

以前、泥水はたくさんの群れなす魚を運んできた。今、水路は閉じられている。どうやって魚が来られよう？

だから村の池はからっぽなのだ。魚は飛び跳《は》ねない、潜らない。ショル（タイワンドジョウ科の魚）やコイ科の養魚を放てない。ボヤル（イワトコナマズ科の魚）の一群がつかまらない。多彩《たさい》な色のサリーを身に着けたプンティ（コイ科の魚）が跳ねない。タキ（タイワンドジョウ科の魚）の金色の幼魚はもうざわめき立たない。カワセミが池の真ん中で跳ねることもない。灰色のカラスがいない。牛乳とショボリバナナがない。村は死にかけている。池は死にかけている。ポッダ河は死にかけている。稲田《いなだ》は死にかけている。ただおんぼろジープの音がする。ちぎれた電線が絡《から》まっている。おんぼろジープが行く道の端に、顔をうつ伏《ぶ》せにしてラリカル村が横たわっている。カボチャ畑に消えたキノボリ魚を探しにいって、ちぎれた電線にひっかかった、ラリカル。

周囲はうかれ狂《くる》った者たちの拍手だけ。

わたしは呼んでいる

わたしはどれだけ呼んだか。おまえはなぜ答えない？

おまえを忘れることがあろうか？　おまえは忘れてしまうかもしれない、でもわたしが忘れることはけっしてないよ。おまえの中に十五年と六か月いたのだからなあ。これからその百倍の年月いるつもりだ。

胸が熱くなる、熱くなる。黒いカラスのこと、鳥のひなのこと、ナスの苗木のこと、池の水を思って。

いま、おまえの池で壊れたつぼのかけらを投げて遊ぶ者はいまい。

よくかけらを投げたもんだよ。それは水をくぐって向こう岸まで届いたもんだ。

ボウンナの木にカラスの卵があった。ある日、それを盗んだのさ。カラスの連中はカアカア大騒《おおさわ》ぎして、鋭いくちばしで襲ってきた。カワセミは今も来て、水草を留める杭《くい》に止まっているかしら？　跳《と》びこんでプティ魚を捕まえてるかな？

どれほど呼んだか。おまえはなぜ答えない、ラリカルよ？

胸が熱くなる、熱くなる。あの霧、あの露《つゆ》、あの雲、ケジュルの樹液を思って。沐浴場《もくよく》にいたチェプチェラ（食べられない小魚）のこと、月明かりで見たアヒルのこと、コッカ鳥（インド・カッコー。今は数少なくなった）のこと、今も忘れることなんてないよ。西側にあったタマリンドの木のこと、けっして忘れたことはない。

鼻水が出てくると、おまえのことを思い出すよ、雨になると、おまえを思うんだ、熱が出ると、おまえを思うんだ。

今、沼地《ぬまち》の水が引いたあとの野原で追っかけっこをする子がいるか？　だれが陣取りごっこをするのか？

東側の野原に行き、カバディをして遊びたいもんだ。水に飛びこんで、水中の追いかけっこをして遊びたいもんだよ。バッゴクルのバザールに行き、牛乳に浸《ひた》したクッキーとスティックのビスケットを食べてみたい。

わたしは逃れられなくなったのか？

長い間、マンゴーを取りにいっていない。タンラ（ギギ科の魚）を取っていない。シング魚に刺されても、とげがある枝のおかげでずいぶん助かったよ。タマリンドの種子を燃やして傷に当てたり、水蛇の先っぽをつかんで振《ふ》りまわしてないなあ。ここ二十一年間。

ずっと夢で見続けてきた。ずっと、おまえ、ラリカルを見続けている。

野の花でファルグンとチョイットロ月が白く染まることはあるか？　イジョルの色づいた花が雨水に流されるか？

わたしはどれだけ呼んだか。おまえはなぜ答えない？

なぜ、日夜、泣いているの？　パヌねえさんが死んでしまったから？　プシュ[*38]が死んでしまったから？　フマユンが来ないからって泣いているのかい、おまえは？　カワセミがいなくなったたって泣いているのかい、おまえは？　おまえの枝にもう渡りカラスが来ない、牛乳にまぜたショボリバナナをもうやれないって泣いているのかい、おまえは？

ラリカル、おまえは病気になったか？　横暴なジープの車輪の下敷《したじ》きになったか？

ラリカル、おまえは病気になったか？　カボチャ畑にキノボリ魚を捕まえに入って、切れた電線にふれたか？　ではおまえは助からないのか？

泥水《どろみず》がもう来ないって、エビが来ないって、タキ魚（タイワンドジョウ科）の幼魚が跳《は》ねないって、雄牛がいななき回らないって、ボロ稲[*39]が生長しないって、おまえはこれ以上、どれだけ泣くのか？

わたしは夜、起きたまま、おまえの顔をずっと見つめている。

思いにふけりながら、おまえの道をたどっていく。

冷たい水を口にすれば必ず東の池のことが心に浮かぶ。木陰《こかげ》に来ると、ずっとイジュルの木陰に立っているような気持ちだ。体じゅう、涼しくなってくる。

まどろんでいると、雨もよいになってきたようだ。大粒になって落ちてきた。トタンの屋根をたたいている。ケジュルの枝々が屋根をたたいている。あの北の建物の屋根の上で。ぐんぐん冷えてきた。雷が激しい音をたてる。

破れた上掛《うわが》けを引きかぶって横たわると、目の中いっぱい眠りが広がった。雨がしたたるように。

雨のあとは、家の前のステップが粘っこくなった。足を出せばすべって転んだもんだ。そこに足を出せばまた転ぶだろう。二十一年前のように。

ラリカル。どれほど呼んだことか。おまえが答えないのはなぜ？

一日じゅう、わたしはだれの声を聞いている？　だれの呼びかけを聞いている？　叫び声を上げて、わたしを日夜、呼んでいるのはだれ？

ぼうや、ぼうやと、呼ぶ声。ぼうやはどこのおうちに行ったの？

わたしはおまえの呼ぶ声を日夜、聞いているよ。

おいで、ぼうや、おうちにお帰り。牛乳ご飯をカラスが食べてしまうよ。

これ以上、遅くなるまい。わたしは家に帰ろう。金曜日がだめなら、土曜日に帰ろう。

その牛乳をかけたご飯にふたをしておきな。ほら、カラスが食べてしまうかもしれないよ。

牛乳をかけたご飯を食べに帰ろう。ショボリバナナをまぜよう。なんて長いこと、牛乳をかけたご飯を食べていなかったんだろう。

ラリカル。ラリカル。こんなに呼んでいるのに、なぜ答えない？

訳注　本文中（　）内も訳者による。

【1】**竹を組んだゆらゆらする橋**　低地に竹を組んで作った簡易な橋。雨季と乾季の水位差が大きいところでは、かなりの高さになり、渡るのに勇気がいるが、雨季にはその先端しか見えなくなる。

【2】**ピタ**　日本のしとぎのように、米粉で作るお菓子。ココナツをまぜ、糖みつで甘くする。

【3】**居住地の畑**　居住地はまわりの土を削り、土盛りして形成される一年じゅう冠水《かんすい》しない場所。そこに畑もある。削られた場所は溝《みぞ》、池になる。

【4】**あのときの光景**　詳しくは『父ちゃんの思い出』を参照。一九七一年三月二十六日の全面外出禁止令のあと、二十七日になって四時間外出が許され、人々がダッカを出歩いたときの光景。このあと、大量の難民が地方や、インドへ逃れた。

【5】**トタン屋根**　バングラデシュでは、富裕な人たちはれんが造りの家に住み、農村の貧しい人たちは、竹を編んだ壁にわら屋根の家に住む。その中間に泥《どろ》作り、草屋根の家があるが、雨漏《あまも》りしやすい草屋根より波トタンの屋根が好まれるようになり、今では壁もトタンにするところが多くなっている。

【6】**ドゥルドゥル**　預言者ムハンマドのいとこで、女婿《じょせい》でもあるアリーは正統位をめぐり抗争のうちにその生涯《しょうがい》を終えた。シーア派の初代イマームであるアリー、あるいは息子のホセインがそうした戦いに愛用したとされる馬。イラン系シーア派はダッカを中心に影響力をもったが、バングラデシュ独立後は、アラブ系の影響力が強まる一方で、衰退《すいたい》の一途をたどっているものの、ペルシア文化の影響は今も強い。

【7】**ジョラ**　粗布《あらぬの》を織るイスラム教徒の機織り。

【8】**2セールの…**　1セールは約九三〇グラムほどだから、オーバーだが、食べられるときに食べたほうがいいという緊迫《きんぱく》した状況がこうした大食漢を生み出すらしい。

【9】**おねば**　米は煮て、粘汁《ねんじゅう》を出してしまう。その粘汁であるおねばは、家畜のえさに混ぜたり、貧者に施

したりする。

【10】**日干し米**　大部分の米はもみのまま蒸《む》して天日で乾燥《かんそう》させるパーボイル加工をする。これにより精米が容易になると言われるが、シレトやチッタゴン、また少数民族はこの処理加工をしない。またパーボイル加工をしない米のほうが儀礼《ぎれい》的には清浄《せいじょう》であるとされている。（安藤和雄「ベンガル・デルタ低地部の稲《いな》作《さく》」『東南アジア研究』25）民謡《みんよう》でも日干し米《アタプ》を神やバラモンにささげることがうたわれている。

【11】**キルティナシャ**　ポッダ河はガンジス河がバングラデシュを流れる部分を指すが、アッサムからのブラフマプトラ河と合流するこのベンガルデルタでは、上流からのはんらん水によってしばしば大洪水をもたらし、この地に王国を築いた王たちの成《な》し遂《と》げた栄華《えいが》を次々と崩していった。そこから暴れ河の意味をもつこの名で呼ばれている。18マイルはオーバーだが、少年のころは15キロまで膨《ふく》れ上がることもあったらしい。現在は5キロほどで、しかもバグラやバッゴクル周辺は中州ができてしまい、かなり狭《せば》まっている。

【12】**ガーブの香**　ガーブの木の樹皮を水に入れて黒くなるまで煮、それに網を浸《ひた》しておくことにより、網の糸に堅牢《けんろう》性を与える。

【13】**ケダルプル**　一六世紀、このビクロンプルには、ケダル・ラエ、チャンド・ラエの兄弟が封土を与えられ、壮麗《そうれい》なシヴァ寺院を建立したとの伝えがあり、この地方に伝承されてきた物語詩にも登場する。ケダルプルの名は、このケダル・ラエとの関連をうかがわせるが、現地では確認できなかった。

【14】**ベルの花**　ベルの木は、その葉がシヴァ神の持つ三叉《みつまた》の矛に見立てられることから、シヴァ寺院のあるところにはよく見られる。花は芳香がある。

【15】**パーン**　キンマの葉にビンロウジュの実や、いろいろの香辛料《こうしんりょう》を包み、消石灰《しょうせっかい》の練ったのをつけて葉ごとかむ。かむと、口の中が真っ赤になる。

【16】**屋形舟**　長さ30メートルほどの屋根のついた舟で、10人でこぎ、または、風にのってしずしずとゆっく

り進む。ダッカまで14時間ぐらいかかったという。ベネバリがあった水路は現在その機能を失ってしまい、今は上流のアリチャから小型蒸気船（ロンチ）が出ている。

【17】**ザミンダール**　大地主を指すが、農民との関係は領主と領民の性格を色濃《こ》く持ち続けていた。インドとパキスタンが分離・独立したときに、ヒンドゥのザミンダール、中間層の多くはインドへ移り、東パキスタンでは一九五〇年にザミンダーリー制廃止《はいし》法が制定された。ここでも見られるように、パキスタン時代にはまだヒンドゥのこうした家系を引く者によって、祭礼なども行われていたが、バングラデシュの独立時に襲撃を受け、政府、有力者によって屋敷《やしき》地も没収されてしまった。現在もバブゥの屋敷と呼ばれているものの、ここにあるような栄華《えいが》の面影《おもかげ》はもはやなく、その一部が孤児院《こじいん》として使用されている。

【18】**大市**　市には祭のときに立つ大市のほか、定期市、常設市がある。

【19】**アナ**　現在の通貨は一タカが一〇〇パイサとなっているが、それ以前はアナが用いられ、一タカは一六アナだった。

【20】**父方のおばさん**　イスラム社会では、経済的見地から、いとこ婚はのぞましい結婚相手と見なされる。ここでは作者にとってのおばさんをアンマ（お母ちゃん）と呼び、母親をマー（母さん）と呼んで使い分けている。

【21】**ハリ**　この地方の単位で一ハリは四個を指す。このように四が基準になっているのは、数を数えるのに指の関節を使い、一本の指で四まで、片手で一六まで数えられることからくる。

【22】**カムルプ、カマッカ**　カーマループは、インド北東部のブラフマプトラ河流域、現在のアッサムのガウハティ付近にある。そこのカマッカ（カマッキャ）寺院はシヴァ神をまつる寺院。ここは女神の体の一部分が落ちたところという伝承があるシャクタ・ピータの一つで、その寺院を再建するときには人身御《ご》供《くう》が行われたと言われる。その際、供犠《きょうぎ》にされる者は、自ら名乗りを上げることによって、数々の特権が与えられたという伝承が余興化していることがうかがえる。

【23】ビリ　肉体労働者に好まれる小さなタバコ。当時は木の葉で巻いていたが、最近は紙巻きが多い。

【24】ノズルール・イスラム　一八九九―一九七六。ペルシアやアラビア詩の影響を強く受けた詩を書いた。第一次大戦中下士官の生活をしていたこともある彼は、英領時代のイスラム教徒の反逆詩人として名をなしたが、ときに政治的に利用されることもあった。

【25】ラビンドラナート・タゴール　一八六一―一九四一。ベンガルの名士の家に生まれ、その詩の才能により、イギリスで名声を上げ、ノーベル文学賞を受けた。シャンティニケトンに学園を創設し、東西の文化交流に生涯《しょうがい》を尽《つ》くした。ベンガル語読みはロビンドロナト・タークル。

【26】ジョティンドロモーホン・バグチ　一八七八―一九四八。タゴールの詩に傾倒し、簡素な生活と田舎を愛して、やわらかい、絵画的な詩を創作した。

【27】ショテンドロナート・ドット　一八八二―一九二二。独立運動の活動家であると同時に、計算された理知的な詩を作り、当時の若者たちの間で、崇拝《すうはい》する者、模倣《もほう》する者が続出した。

【28】J・C・ボース　ボースはイギリス風の呼び名。一八五八―一九三七。マイメンシン出身の説もある。カルカッタ、ケンブリッジ、ロンドン大学で学び、博士号を取得。短い波長をもつ電磁波の研究を行った。さらに動物と植物の組織に対する反応が類似《るいじ》していることに着目した比較《ひかく》生理学的研究を行った。ベンガルにはボシュ（ボース、あるいはバスと表記されることもある）の名の偉人《いじん》が多く、弟子にボース・アインシュタイン統計で知られるS・N・ボースがいる。ここにあるラジオの経緯については、当時彼が植民地の人間として受けた不利益が反英運動の高まりと共に広まったのだろうか。彼が発明家ではなく、博物学者として生命の探求に関心を向けるようになったのは、大河と森林に育《はぐく》まれた環境と、当時の近代ベンガル思想の影響があると思われる。タゴールとも親交があり、書簡が残されている。

【29】ラーマクリシュナ・ミッション　聖者ラーマクリシュナの弟子ヴィヴェカナンダによって一八九七年に創設された教団。東洋の宗教と西洋の合理主義との融合《ゆうごう》をめざした。

【30】**ビッダシャゴル**　一八二〇—九一。サンスクリット学者であると同時に、ベンガル語の発展に寄与した。また寡婦《かふ》の再婚運動などの社会活動も行った。

【31】**シュンドルボン**　ベンガル湾《わん》に面する広大な低湿地の森林地帯。どう猛な虎《とら》のほか、鹿《しか》、わになどの野生動物がすむ。

【32】**オラビビ**　コレラをつかさどる女神。ヒンドゥ教徒の間では、オライ・チョンディと呼ばれる。コレラはもともと下ベンガル地方の風土病的伝染病で、栄養状態がよい健康な人であれば大事に至らず、病人や小児がやられる場合が多い。

【33】**のろい**　コーランの最終の二章は、のろい、災厄《さいやく》を払ったり、よけたりするのに、最も威力があるとされる。

【34】**名前の最後は……同じ**　この作品当時の東パキスタンでは、上層部しかファミリーネームを使用しておらず、作者アザド博士の場合は自分の代から、その子どももファミリーネームとしてカラムと同じアザドを名乗っている。

【35】**ルポシ**　詩人たちはベンガルをショナール・ベンガル（黄金のベンガル）とならんでルポシ・ベンガル（麗《うるわ》しのベンガル）と呼んだ。東ベンガルの人はルポシのほうを好む傾向がある。

【36】**牛ふんを塗《ぬ》った中庭**　牛ふんを水にといて、壁や床に手でなでまわして塗ると、つるつるになる。

【37】**造成**　この作品が出されたエルシャド政権期ごろには、援助物資を賃金にしてさかんに土木工事が行われた。これまでに大統領の暗殺をはじめ政変が相次ぎ、インドとの関係が悪化し、それはガンジス河の水資源をめぐる問題に影響していた。

【38】**プヌ、パシュ**　どちらも年若くして死んでしまった。

【39】**ボロ稲《いね》**　伝統的灌漑《かんがい》方法によるボロ稲の栽培《さいばい》から同じ乾季のボロ稲でもイリとよばれる高収量米への移行によってこの周辺の景色は一変した。

父ちゃんの思い出

思い浮かぶようで浮かばない

父ちゃんが思い浮かばない。父ちゃんという一人の人間をよく知らないのである。父ちゃんの見かけはどうか、口のあたりはどうなのか、愛撫《あいぶ》するとき、父ちゃんはどんな具合にほおを膨《ふく》らませるか。父ちゃんはどんなふうに髪をとかすのか、分け目はどちらか、どういう風に呼び鈴を鳴らすのだろう。その呼び鈴はどんな音をし、そしてどのくらいの間、その「ただいま、ただいま」の音色がするのか、見当がつかない。

十六年間も、父ちゃんに会っていないのだ。これからその百倍の年月、父ちゃんに会うことはないだろう。それ以前に、わたしはほんとうに、父ちゃん、わたしのと・う・ちゃんを目にしていたのか？

父ちゃんをわたしは思い出せない。あの重大な年、エカットルと呼ばれるあの年（一九七一年。当時の東パキスタンが解放戦争を経て、バングラデシュとなった年）、そのとき、わたしはたったの四歳だった。考えてみれば驚くべきことだ。わたしが一歳のとき、父ちゃんを見ていたなんて！　二歳のときも見ていた！　三歳のときも見ていたとは！　考えると戦慄《せんりつ》が走る。父ちゃんは思い浮かぶようで、思い浮かばない。

わたしの父ちゃんはどんな人だったのだろう。わたしの父ちゃんは太っていたのか。さあて？　父ちゃんはかなりやせていたのか。ううむ。かなり背が高かったのか。さあて。小柄だったのだろうか、わたしの父ちゃんは。さあ？　わたしの父ちゃんはかなり色が白かったのか？　それとも根っから黒かったのか。いや。わたしの父ちゃんはまさにわたしの父ちゃんのようだったはずだ。父ちゃんが思い浮かばない。

それでもわたしは知っている。父ちゃんの髪はとても長かった。縮れた髪が耳を覆《おお》っていた。そして眼鏡《めがね》をかけていた。ずいぶん太い黒縁の眼鏡だ。それからわたしの父ちゃんは革靴をはくことはなく、サンダルばきだった。革靴をはけば警官のようだし、眼鏡がなければまったく平凡な人と映るだろう。でもわたしは父ちゃんが警官みたいだと思ったことはない。わたしは父ちゃんをわたしの父ちゃんらしい並外れた人と思ってきた。

十六年間、わたしは父ちゃんと対話をしてきたのだ。わたしの友達は皆、自分たちの父ちゃんをとても恐れ、逃げ回っている。家から出るときはさっと出る。家に入るときは戸口で少しの間たたずんでから、恐る恐る呼び鈴を鳴らす。わたしは父ちゃんを少しも怖いなんて思わない。いつでも父ちゃんと向き合っているから。このドアを通って外へ出るときは父ちゃんの前になる。家に入るときも、前になる。ベランダでは隣り合わせに立つ。リキシャの代金を決めるとき[*1]に、見れば、父ちゃんはベランダから笑顔《えがお》でわたしの方を眺《なが》めている。

「父ちゃん、僕は行くよ」わたしは言う。

「リキシャにちゃんと座ってな」父ちゃんは手を振《ふ》って言う。

「だいじょうぶだよ」とわたし。「父ちゃんより慎重《しんちょう》だから」

父ちゃんは手を振《ふ》る。

わたしのリキシャは走り出す。後ろにわたしの父ちゃんの笑顔《えがお》が浮かんでいる。ところが最初の角を曲がって、リキシャが二つ目の曲がり角に向かうときに見ると、前の方から父ちゃんの乗ったリキシャが走ってきた。わたしは手を振る。父ちゃんも手を振って通り過ぎる。

　こんなすばらしい付き合い方でわたしの十六年は過ぎていった。わたしの父ちゃんのように、どこにでも一緒《いっしょ》に行く父ちゃんはいないだろうし、どこにでも立ってはいないだろう。どちらを向いても笑っていないだろうし――いつでもそばに近寄ってくるなんてことはないだろう。わたしの心にいつだって父ちゃんが思い浮かび、そのくせ父ちゃんを思い出せないでいる。

バラの花の顔

「バラの花をわたしは今までつくづく見たことはない」父ちゃんはその日の日記に書いている。「でもあの子を見て、わたしはバラの花の顔を見たのだ」わたしの誕生の夜、父ちゃんは日記にそう記した。わたしのまぶたはふくらんでいた。目のひとみはまぶたに覆《おお》われてほとんど見えなかった。父ちゃんは記している。「あの子のひとみは、空の星よりはるかに遠くにあるように思える」わたしは目を閉じたままベンガルにやって来たのか？　この地球に？

その日は、この地球にやって来るにはずいぶんものものしい日だった。[*2] 父ちゃんは書いている、「すべてがこの子に敵対しているかのようだ。この子が来るのでみんな気がふれてしまったのか？　しかしこの子は定められたとおりにやって来たのだ。だれが制止できよう？　制止しておくなんてできっこない」父さんは人間をとっても信頼していた。人がこの世に来る、この厳粛《げんしゅく》な事実に対して。

ある怪物《かいぶつ》が国を占領していた。それに小者の怪物がくっついている。そしてさらにまたその小者が。[*3] かれらにはたくさんの武器がある。かれらのつめにたくさんの武器がつなげられている。人間と怪物の戦いが国じゅうで始まっている。

父ちゃんは書いている。「わたしたちの国の地形を見ると、この国は怪物がはいているブーツのように見える。この国はブーツのように扱《あつか》われているのだ」

この国は当時、東パキスタンと呼ばれていた。父ちゃんは必ず東ベンガルと書いていた。その日記のどこにも東パキスタンの言葉は見当たらない。あるのは東ベンガルの言葉だ。わたしが来るからというわけではないが、国の人々、数え切れない王子たちが怪物《かいぶつ》を追い払うためにホルタル（休業）を呼びかけていた。なんてすてきな言葉だろう、ホルタルとは。

わたしはホルタルの波が水涸《みずが》れした河道のような大路をうねっているときにやって来た。一方はからっぽになり、もう一方は人と、その叫び声に満ちあふれていた。警察の車があちこちを走り回っていた。わたしが来る、だからダッカの都会、そしてダッカから村へ、村から小都市へ、またそこから村々へと、反逆の衣《ころも》がまとわれ出していたのだ—日記にとてもきれいな文字で父ちゃんはこう書いていた。

父ちゃんは一日じゅう、この都会と同じく震えていたのだ。そして母ちゃんはわたしを胸の中に抱きこんでクリニックに横たわっていた。わたしはそんなベンガルにやって来た。そこでは怪物と人間の戦いのために家や樹木が動員され、人間が誕生する場所はクリニックになってしまった。

「わたしは土の家に生まれた。土のにおいの中、霧がたちこめ、マンゴーやジャックフルーツのいい香りがする中に。なのに、うちの子は汚れたクリニックの消毒薬やさまざまな薬のにおいの中で生を受けようとしている」と、父ちゃんは書いている。

「ボイシャク月の四月にわたしが生まれたときは、アリアルのビル（低湿地帯）からボロ稲《いね》が収穫《しゅうかく》され、馬の背に乗ってわたしたちの牛ふんを塗《ぬ》った中庭に運びこまれたのに。それなのにおまえときたら、八月のストライキのまっただ中にやって来るとは」

夕方になっていた。たまりかねて、父ちゃんは何度もクリニックの三階に上ったり、下りたり、一人路上にたたずんでいたりした。行列はたいまつを持って通りを行進していった。父ちゃんはまた上り、そして下りた。クリニックに医者は二人しかいなかった。すべてにいらだちの影が落ちていた。国に、都市に、クリニックに、父ちゃんに。

夜十一時、父ちゃんはとうとうクリニックの三階に上がった。

助産婦さんが迎えてくれた。「さあさあ、息子さんがお生まれですだ」

うれしさのあまり、父ちゃんはわたしのところへ駆け寄った。そのとき、わたしはプレートに乗っけられて水で洗われていた。目を閉じて縮んでいた。父ちゃんが駆け寄ってくるのを見た女医さんが金切り声を上げた。

「まあ、なんでこんなところまで来たのです?」かんかんに怒っている。

「うちの子に会いに」と、父ちゃん。

「会うことはできません。出てください」女医さんはぴしゃりと言った。「ご存じないの? 新生児のところに来てはいけないってこと」

わたしをほとんど見ることができないまま、父ちゃんは退却した。「あいつに会うことはできなかった」父ちゃんは書いている。「人が人のそばに行くことができない。新生児のところにその父親が行くことができない。ベンガルでは誕生のそのときから、息子と父、母親と息子は離れていなければならなくなるのか？」

「バラの花をわたしはいままでよくよく見たことがない。でもあの子の顔を見ると、わたしはバラの花の顔を思い浮かべる」父さんは夜の十二時、夜間外出禁止令をくぐりぬけて家に戻った。

「明日になったらすぐ、あいつを家に連れ戻す」父ちゃんは書いた。

「消毒薬よりも牛ふんのにおいのほうがずっといい」こうも書いてある、「消毒薬とそれより怖い女医さんのところに一日だって置くものか。バラの花びらに消毒薬がしみこんでしまう」

あなた、あのかた、賢人《けんじん》そしてイディオット

「あなた、お元気ですか?」わたしをひざに乗せ、まず最初に父ちゃんはこう呼びかけた。それから言った、「あなたのご機嫌はいかが?」

わたしがそのときにこの言葉を理解できていたら、とても喜んだことだろう。あなた? あんなに小さかったわたしに? それからのち、ずいぶん長い間、わたしをあなたと呼ぶ人はいなかった。「きみ」「おまえ」、聞いていると耳が痛くなる。わたしはちょっとでいいから「あなた」の言葉が聞きたいのに。見れば皆、わたしより大きい。みんなを「あなた、あなた」と呼び、みんなは「おまえ、おまえ」と言った。「あなた」と言われたら、どんなにうれしいか。考えるとうれしくなる。父ちゃんがわたしをまず「あなた」と呼んだなんて。わたしが生まれた最初の日に。何という賛辞だろう。

「何です、あなたったら。この子を今からあなたと呼ぶなんて」おかしそうに母ちゃんは言った。

「『あなた』よりももっとていねいな言葉が必要だ。彼はこれからの人だからね」と、父ちゃん。

父ちゃんは書いた。「『おまえ』では敬意を払うことにならない。『きみ』でもだめ」父ちゃ

んは書いている。「あの子のために新しい呼び方が必要だね。新参者のための新しい呼び方」

家に帰るとすぐ、父ちゃんはたずねたものだ。「あのかたはどこだ?」

あなた、そしてあのかた。家族のみんなが、あのかたとはわたしのことだと承知していた。幼いわたしがあのかたとはずいぶん昇格したものだ。うちではあのかたなんて言葉を使う人はいなかったのに。父ちゃんが母ちゃんにわたしのことを話すとき、わたしのことをあのかたと言ったのだ。何というわたしに対する敬意だろう。父ちゃんはわたしを賢人《けんじん》とも呼んだ。いやはや。りっぱな、りっぱな人だけが賢人と呼ばれるのに。賢人たちはたくさんの本を書く。わたしときたら、そのころはただ、そこらにある本のページを破っていただけ。賢人たちは多くの古くさい誤りを粉砕する。わたしはそのころ、ただ、お茶のカップを一つ、割っただけだ。母ちゃんほどたくさんは割っていない。それでもわたしは父ちゃんにとって賢人という存在になった。

「賢人、何をしていたのかね?」父ちゃんはようすを知りたがったものだ。

わたしはそのとき、靴をいじるのに忙《いそが》しかった。スエードを持ってご機嫌だった。

ベンガル語もそのときはまだ学習できなかった。言葉を必要としなかった。わたしのような賢人にとって言葉を話す必要はない。笑えば事が済み、ほおを膨《ふく》らませればそれでよい。賢人は多くを語らない。わたしは賢人だった。だから二、三の言葉で事足りたのだ。父ちゃんの日記からわかったことは、わたしの発する音が何千もの意味を持っていたということだ。一つ一つの笑いに、本棚にいっぱい詰まっている本のそれぞれのページに書かれたものよりもっと多くの、形にならない意味があったのだ。歩き方を覚え始めるころ、わたしは新たなる称号《しょうごう》を得る光栄にあずかった。

父ちゃんはわたしをイディオット（おばかさん）とも呼んだ。

「イディオット、どこだ」

「ほら、イディオット、お聞きなさい」

「イディオット、肩《かた》に乗ってごらん」

イディオット、イディオットの言葉がいつも発せられた。イディオット、なんて甘い響きなんだろう。父さんの口から出るとき。

このころ、わたしはまだ言葉を話せなかった。必要とは思わなかった。この年ごろの写真を見てみる。泣けば、正真正銘、イディオットに見える。そして今でも聞こえる。父ちゃんがわたしを遠くから呼んでいる、「イディオット」って。

「父ちゃん」とわたしは言葉に出さずに応じる。

また、聞こえる、父ちゃんが呼んでいる、「イディオット」

遠くからその声音だけが漂ってくる。

言えないけど知っている

父ちゃんはスポンジ（室内用のゴムぞうり）が見つからなかった。外出するとき、サンダルをはくところに赤と白、緑が三重のスポンジを二つ、父ちゃんは置いておく。それが二つともないのだ。

居間にない、台所の入り口にもない、机の下にもない。お手伝いの少女も見つけられない。母ちゃんは冷蔵庫の中も見てみたが、見当たらなかった。わたしは知っている。スポンジは足にはくもの。だからスポンジを呼んでも一人でやって来ることはない。

父ちゃんは叫んだ、「フォジラ、スポンジはどこ？」

母ちゃんに、「なんてことだ、わたしのスポンジはどこだね？」父ちゃんはかなりいらだっていた。外から戻って、スポンジがないと、とてもご立腹なのだ。サンダルが熱いのだろう。

父ちゃんはわたしをまったくのおばかさんと思っていた。でなければ、一度くらいはわたしに聞いたはずだ。家にわたしもいたのだから。でもわたしは当時、言葉がしゃべれなかった。よちよち家のあちこちをはっていた。戸棚に衣服がせいとんされていると、おもしろくなかった。そこで服のありったけを引っ張り出して下に散らばしたものだ。床に乱れ散った衣服って、なんてきれいなんだろう。大きな靴って、なんてゆったりしているんだろう。左足の靴を右足にはけば、さらにゆったりする。みんなどうして右足の靴を右足にはくの！

父ちゃんと母ちゃんは、わたしが言葉をしゃべらないので、何にも知らないと思っている。小さくてももう人並みだったのに。話せないからって、識別できないだろうか。父ちゃんが黙っているとき、空を知らなかったか、本を知らなかったのか、わたしを知らなかったのか？識別するのに話すことが必要だろうか？　この猫《ねこ》がわたしを区別できないだろうか？

父ちゃんはいらいらして居間に座っていた。わたしはすっかりご満悦《まんえつ》だった。わたしは両手に抱えこんだスポンジを持って、「おいおい」と言いながら居間に入っていった。父さんはうれしさのあまり、跳《と》び上がった。

わたしはただ、繰り返し、「おい、おい」と言っていた。この奇怪《きかい》な二音をわたしはわたしの言葉のすべてと心得ていたものだった。

わたしをひざに乗せ、父ちゃんはとってもうれしそうに言った。「イディオット、あなたはどうしてご存じだったのかね？　イディオット、どうして……」

父ちゃんは書いている、「人は生まれたその日から人なのだ……」

あの戸口のしかけが鳴ると子どものころからわたしはとても喜んだ、寝床に横たわって内心言ったものだ、「アッロー、アッロー」。呼び鈴が鳴り出すと飛び起きてぶるぶると震えたものだった。わたしはもちろんずっと前から知っていた、あの鈴の音が「ただいま、ただいま」と言っていることを。

もう一つ、わたしがとても好きなものがあった。わたしがずいぶん話せるようになったころだ。毎朝、わたしの家のドアの下からカサッと縦長の新聞が差しこまれる。フォジラが走ってきて、それを父ちゃんのところに届ける。父ちゃん自身、来るのを待ってドアのところに立っていることもある。カサッと差しこまれるのが遅いと、父ちゃんはずいぶんといらいらしていた。今はわたし自身も気になって落ち着かない。わたしは驚嘆して考えたものだ、「あれはどこから来るのだろう？　朝だけでそのあと来ないのはなぜ？　あそこに何があるのだろう？」

それを手にし、父ちゃんはわたしに言ったものだ、「ほら、今日は十人死んだよ」「ほら、今日は三十人死んだ」と言ってから、いかにも悲しげにそれを読み始める。わたしは考えた、そこにはただ人の死んだことだけが書いてあるのだと。人は朝になると、新聞を広げ、死亡記事を読むものだと。父ちゃんだって毎日それを読んでいる。読んでから外出する。

わたしも死亡記事を読んでみたくなった。死とは何を指すのか？　わたしはだんだんわかってきた。死ぬことはとてもよくないことだと。

わたしは自分で何とかして父ちゃんにその新聞を届けたかった。朝早くから、わたしはドアのところをぐるぐる回っていた。でもフォジラときたら！　カサカサという音がすると走ってきて、さっとそれを取り、父ちゃんのところに持っていってしまう。わたしにとうていそんな早技《はやわざ》はできなかった。しかしその日、絶好の日になった。フォジラは外出していた。するとカサッと来た。わたしはやっとのことでその新聞を父ちゃんのところに持っていき、たずねたのだ。「父ちゃん、今日は何人死んだ?」

父ちゃんは母ちゃんに、「おい、イディオットの言うことったらどうだ、イディオットったら」

母ちゃんも驚いた！　わたしは父ちゃんのひざから母ちゃんのひざへ、そして父ちゃんのひざへと回された。

わたしはそのときはまだ十分わかっていなかった。こうしたたくさんの死が、この国ではごく当たり前、日常のニュースであることを。それはやがて理解できるようになった。今、わたしは父ちゃんになり、毎朝死亡記事を読んでいる。

父ちゃんは書いている、「あれはどうしてわかったんだろう？　今まで知ろうとしているようには見えなかったのに。わたしの話していることを聞いているうちに理解したんだな、毎朝、家々に、新聞いっぱいの死亡の知らせが届くことを。バスの事故、小型蒸気船の沈没、家の倒壊、ネズミのように人が死んでゆく。それを理解しているのだ、あれは。小さいが人並みなのだ」

わたしがそれからもう少し大きくなったころには、たくさんの言葉を話せるようになっていた。ガラスをガスと言い、テレビジョンをテビジョンと言い、ご飯をごあんと言った。テレビジョンを見るのが大好きだった。

午後、父さんと一緒《いっしょ》に座ってテレビジョンを見たものだ。父さんは一冊の本を開いて座り、わたしはひざに乗ったり、そばに座ったりしていた。あの箱の中でどうやってあれだけたくさんの人が入っていられるのか？　わたしはどうして入れないのか？　テレビジョンを見るのはとても楽しみだった。しかもそれをつけたり消したりすることに興味があった。父ちゃんは壁のところで一本のコードをつなぎ、そのあと前方にあるスイッチを押した。すると画像が現れる。わたしのやりたいことは壁にコードを差しこみ、それからスイッチを押すことだった。しかしチャンスはなかった。おもしろくないと、父ちゃんがコードを抜いたし、前方のスイッチで消していた。

ある日、父ちゃんはわたしを残して寝室へ行った。母ちゃんと何か話し始めた。わたしはテレビジョンを見ていた。ちょっとすれば、父ちゃんは戻ってくるだろう。わたしのやりたいことはテレビジョンを消すことだった。わたしはコードを抜き、寝室にいる父ちゃん、母ちゃんのところへ行った。

行くとすぐに言った、「テレビ、おもしろくない」

父ちゃんは笑って言った、「おじいちゃんみたいだね」

そのあと、すぐに声を上げた、「テレビの音が聞こえないな。どうしたんだ?」

走って父ちゃんは居間へ行った。行って見ると、テレビは消え、コードが抜いてあった。

父ちゃんはそれにぎょうてんした。たまげて、母ちゃんに言った、「ごらん、イディオットがコードを抜いてきたよ。見ているうちにあいつはみんな覚えたんだな」わたしはそのとき、母ちゃんの胸の中で幸せに笑った。

わたしはコードを抜きたかったのだろうか? わたしはほんとうのところ、スイッチで消したかったのだ。しかしあの高さでどうして押せただろうか? そこでコードを抜いたのだ。そのあと、父ちゃんはわたしがもうコードに触れられないようにした。それからというものは、テレビを見る楽しみはずいぶん損《そこ》なわれた。

ある出来事は父ちゃんをとても喜ばせた。それはわたしが立ったという一大事だ。わたしも今は父ちゃんのようにすべてに意味を求めている。どんな出来事も偶然《ぐうぜん》に起こるのではない。すべてに意味がある。わたしたちの話す言葉に意味があるように、さらに奥の意味がある。ほら、わたしたちの家のすぐそばにある電線はたくさん絡《から》み合っていて、そのうちの二、三本はちぎれてぶら下がっているが、それだって意味がある。父さんにとって、わたしが立つことはずいぶん大きな意味があることだったようだ。

ある午後、わたしは何とか立とうとしていた。わたしには立つことが必要だった。ただはっているだけでは人として通らない。立たねばならぬ。

また、立つことができるようになっても、立っているだけというわけにはいかない。歩かねばならない。歩くことを知っても、歩くだけというわけにはいかない。走らねばならない。長いことはい回っていて、わたしは走りたくなっていた。居間で父ちゃん、母ちゃんが話している、わたしが二人の前で立とうと努力しているようだと。

最初、立とうとして、わたしは倒れる。しかし倒れたままではすまされない。

わたしのほおと鼻に汗《あせ》が吹き出てきた。足が震えた。その地表はとてもわずかな場所だった。こんな狭《せま》い場所では、よろめかずにいられない。立つためにもっと広い場所が必要だ。

左手でわたしは汗をぬぐった。また何とか立とうとした。今度はちょっと立ってすぐ倒れそうだ。父ちゃんはわたしの方を見ていた、母ちゃんも見ていた。倒れてしまうわけにはいかない。

そのとき、わたしの足はぶるぶる震えていた。わたしの頭の上にすべての人の重みがかかっていた。まるでわたしはすべての人のために立とうと努力しているみたいだ。

また何とか立とうとした。汗《あせ》のことは頭になかった。小さな地表のことを忘れている。ゆらゆら揺れる床のことも忘れていった。わたしは立った。喜びで、わたしの血が騒《さわ》ぎ出した。わたしが人類の成《な》し遂《と》げたことに拍手をもらって立ったかのようだった。

父ちゃんは手を打ってわたしを肩《かた》に乗せ上げた。母ちゃんは手を打って踊っていた。

ある午後に

ある日の午後はわたしにとって見たことがない空のように青かった。その日のことが少し思い浮かぶようで、思い浮かばない。父ちゃんの顔と同じく、心に思い浮かぶようで、少しも思い浮かばない。その午後、わたしはどこかへ行ったのだ。わたしには何の記憶もない。ただ思うことは、たった一度しかない、そんな午後だったことだ。もう来ない。母ちゃんは午後、バザールに買物に出かけた。わたしはこっちの部屋からあっちの部屋、あっちの部屋からこっちの部屋へと動き回っていた。ドアのそばへ行って「お外、お外」と言っていた。

外へ出るのが大好きだった。外にはたくさんの風。

父ちゃんは言った、「行くか、外へ」

わたし、「うん」

父ちゃんはわたしに赤い靴をはかせた。赤い上着を着せた。髪の分け目をつけてくれた。わたしたちは外へ行ったのか？　外とはどこだったのだろう？　今また行ってみたい。父ちゃん、わたしをあそこへ連れてってください。外というものがあんなに大きいものだったなんて、考えもつかなかった。それ以前に母ちゃんとおばさんの家に行ったことがある。でも母ちゃんはわたしをサリーの中にしっかりと包んでいた！　おそらく母ちゃんはおばさんのところへ行くときも外へは出ないのだろう。内側を通っていく。母ちゃんはおそらく外というものを知らなかったんだ。今だって知らない。たとえ母ちゃんがオフィスへ行ったり、バザールへ行ったり、おばさんのところへ行ったりしててもだ。

父ちゃんは外の世界を知っていた。父ちゃんと一緒《いっしょ》に外へ行くと、たくさん知り合いができる。どこへ連れていったのだろう、わたしを、父ちゃんは。とある野原へ行ったことだけ覚えている。

「この人たち、天女《ポリ》だよ」父ちゃんはわたしに言った。

わたしは言ってみた、「天女」と。

天女たちはわたしたちの方に振《ふ》り返り、見つめていた。わたしより赤い衣《ころも》をまとい、そのサリーは風に揺れている。そのほおに月や星が光っている。天女はお花をくれた。

「わたしたちと行く?」天女たちはわたしに言った。

わたしは同意したのだ。一人の天女がわたしを翼に乗せて空に舞い上がった。もう一人の天女は踊りを見せ始めた。風に乗って走りながら天女は舞う。今も目に浮かぶようだ、青い中を走りながら舞うのを。モニマラ(宝石の輪)とか、ムクタマラ(真珠《しんじゅ》の輪)といった名前だったような気がする。あるいは名前なんかなかったかもしれない。今はただ、こうした名前が浮かんでくる。

父ちゃんは蒸汽船に乗ってシュッシュッ、わたしたちの後ろを走ってついてくる。

わたしの手でつかめるほどのところに、巨大なオレンジをつけた一本の木が揺れている。わたしはそれをもぎ取りたくなった。

天女は言った、「まあ、おばかさんね、それはオレンジ色のお月様よ。もぎ取れやしないわ」

わたしはたぶんこう言ったろう、「オレンジ色のお月様もあるんだ」

天女はたぶん、「青い色のお月様もあるわよ。見る？」と言っただろう。

わたしたちの目の前に青い、さらに青い色の月、緑色の月、黄色の月が漂っていた。月に月。あたりは月でいっぱいだ。空にこんなにお月様があるんだ。

ある緑の魚の背中に天女たちはわたしを乗せた。魚はわたしを乗せて風の中、色をまき散らしながら漂っていった。その魚はわたしを乗せて青緑の水の中をくぐって飛び上がった。

青い蒸汽船に乗った父ちゃんはシュッシュッ、後ろから追跡する。

一本の木とわたしは出会った。それまで木にはお目にかかっていなかった。

木は言った、「わたしは木。空の下に立っているの」

「うわー、なんて幸せなんだろう、あんたは」わたしはこう言っただろう。

貝にわたしは出会った。

貝は言った、「貝よ、わたしは」

「きみ、貝？　初めてお目にかかったよ」とわたしは言っただろう。

一羽の鳥に会った。

鳥は言った、「わし、鳥」

「きみに会って胸がいっぱいだよ」わたしは言ったはずだ。

父ちゃんは言った、「さあ、戻ろう。家に帰ろう」わたしたちは家に向かった。そのとき、一度だけ、わたしは外の世界へ行ったのだ。まさに外、内側にない世界。外ではすべてが外のものだった。鳥の薫《かお》り、木の緑、そして天女たちの踊りと魚のにおいを体につけてわたしは父ちゃんと外から帰還《きかん》した。わたしは外へ行ってきた。今また、わたしは父ちゃんと外へ行けたらと思っている。

難解な言葉

父ちゃんは言った、「おじいちゃん（ブリッド）みたいだね！」わたしは内心言ってみた。「ビリッド」まったく理解できなかった。だれを指して「ビリッド」と言っているのか。が、すぐにおじいちゃんのような年老いた人が思い浮かんだ。その言葉はとっても年取っていて——立っていると体が痛くなり、体をひねもすマッサージしているに似つかわしい。その日からわたしは難しい言葉が好きになった。

母ちゃんはわたしをいつもチェレ（男の子）、チェレと呼んだ。友達に会うと、「わたしのチェレ」と言う。父ちゃんはわたしのことを友達に「わたしのプットロ（息子）」と言っていた。とっても気に入った、「プット・ロ、プット・ロ」。それを聞いて男の子なのだと思った。「チェレ、チェレ」と言われると、ただチェレ、チェレしか思わない。「プット・ロ」と言うと、父ちゃんのそばに立っている気がする。

父ちゃんに言った、「父ちゃん、プット・ロと言って」

父ちゃんは喜んで、「あれまあ、おまえはそう言えるのかい」

どんな言葉にもすぐに、父ちゃんに言ったものだ、「父ちゃん、難しく言って」

「どんな言葉を？」

わたし、「ラル（赤）」。

父ちゃん、「ロクティム」。ラルと聞けば、すべてがただの赤でしかなかったが、ロクティムはラルよりはるかに赤い！

ロクティムと言うと、明け方の太陽が目に浮かぶ。バラが目に浮かぶ。母ちゃんのほおが目に浮かぶ。そしてラルと言っても、ただ靴をはくことしか思い浮かばない。

「父ちゃん、フル（花）」

「プシュポ」。わたしの心いっぱいに鳴り出す、プシュポ、プシュポ、プシュポ、プシュポ、プシュポ、プシュポ…。わたしは庭で見たことがある。枝々にプシュポ。わたしの目はそれに華《はな》やぐ。

わたし、「ドゥド（牛乳）」

父ちゃん、「ドゥグド」

わたし、「ラート（夜）」

父ちゃん、「ロジョニ」

わたし、「マーチ（魚）」

父ちゃん、「モトショ」

わたしは驚嘆してしまった。すべての言葉にそれぞれ難しい言葉があるのだ。難しい言葉がとても好きだった。

ある日、母ちゃんに言った、「ドゥグド、飲みたい」

母ちゃんは目をまるくして言った、「まあ、ドゥグド？　どこで習ったの？」

わたしはにやにや笑って言った、「母ちゃん、キンコットッボビブル…」

わたしの言葉を聞いて、母ちゃんは笑い転げた。その言葉を父ちゃんが言っているのを聞いたのだ。今は言うことができる。「キンコルトッボッビムル（進退きわまる）」けれど、あのころはこう言っていた、キンコットッボビブル、キンコットッボビブル、キンコットッボビブル、と、いつもぶつぶつつぶやいていたのだ。だれかが何か言うとすぐ「キンコットッボビブル」。難解な言葉がわたしの心を打つ。難解な言葉がわたしは好きだ。

子猫《こねこ》

ある日、わたしの家に二匹の猫が来た。一匹は輝くような白、なんてふかふかしていたんだろう！　ずっと胸に抱いていたい。そしてなんてすてきに鳴くんだろう、―ミュウって。もう一匹は黒白のまだらだ。わたしの家に踊りながら入ってきた。入ってくるやすぐに―ミュウ、ミュウ。わたしはうれしくなって猫たちを眺《なが》めていた。なにしろわたしより小さいものはうちにいなかったのだから。わたしより小さいのを見て満足した。うちときたら、虎《とら》一頭、象一頭どころか、おばかな雌牛一頭すらいなかったのだ。しかしこの二匹が出現して、そうした寂《さび》しさを取り去ってくれた。わたしは白猫の柔《やわ》らかい体からたくさんの毛を抜き取った。

来てすぐに猫たちは遊び戯《たわむ》れた。一匹がもう一匹の上に乗っかる。二匹はただ転げ回っている。わたしははってそれに近寄った。

母ちゃんは言った、「そっちはだめ、病気になるよ」わたしを引き離した。

父ちゃんも子猫が二匹来たのでとても喜んだ。わたしとさらにたくさんの遊びができるようになった。肩《かた》に乗せた。寝床に横たわって足の上に乗せた。ほおを指で突いてみた。しかしわたしはそれほどぴょんぴょん跳《は》ねることはできなかったし、跳び上がることもできなかった。ただ子猫たちが動き回るのを見て、大喜びで、「おい、おい」と奇声を上げるだけだった。

父ちゃんは紙を丸め、二匹の子猫《こねこ》めがけて投げ、遊ばせた。紙のボールが遠くから転がってくるのを見て、二匹の子猫は虎《とら》になった。まるでボールではなく、一匹の鹿《しか》が道に迷って彼らの方へ向かってくるかのように。

彼らは身構えた。まず、前方に足を出して、それから跳《と》び上がって紙のボールの上に乗った。足で捕らえる。捕らえはしたが、口にはしなかった。前に紙のボールを置いた。

そのあと、その獲物《えもの》で遊び出した。うちは猫《ねこ》たちにとってシュンドルボン（ベンガル湾《わん》沿いの大森林地帯）になった。父ちゃんが次々と紙のボールを投げると、それに跳びかかる。獲物は次々と走ってくる。かれらはまた跳びかかり、跳びかかり、また跳びかかる。たくさんの獲物に、かれらは飽《あ》きることなく挑み続ける。

わたしは父ちゃんのひざから叫び声を上げていた。「おい、おい」跳び上がりたくてたまらなかった。

白い輝くような一匹の子猫になりたかった。はいはいする必要がない。病気になる心配もない。ほ乳瓶でミルクを飲む必要もない。

父ちゃんも二匹の子猫をとても気に入っていた。そちらへ投げてやると、子猫二匹もさらにとてもかっこよく身構えている。そして紙のボールの狩りをする。

そのころ、わたしは歩くことを習っていた。言葉も習っていた。子猫二匹は大きくなった。

白猫は家から出たがらなかった。黒猫のほうは外へ出ると、もう戻ってきたがらなくなった。

父ちゃんは一度ひもでつないでおいたことがある。それでもひきとめることはできなかった。

母ちゃんは言った、「猫《ねこ》は雌牛ですか、つなぐなんて」

父ちゃん、「これはじっとしていられないんだよ」

僕も言った、「じっとしてないんだ」

母ちゃんは黒猫を放した。それは出ていった。もう戻ってこなかった。

白猫はずっといた。ある日、たくさんの子猫がミウミウないているのが聞こえた。どこだ？わたしたちの寝台の下だった。

こんなにたくさんの猫、どこから来たんだ？　うちの白猫が子猫を生んだのだった。

白猫は子猫たちをしかってこっちからあっちへ、あっちからこっちへと移している。

わたしのかたわらに寝かせている。まくらの下にも置いた。ほ乳瓶の上にもいる。おじいちゃんは言った、「あいつ、病気になるぞ。子猫を捨ててこいよ」

父ちゃんは悲しくなったようだった。

昼にひと騒動《そうどう》あった。一匹の雄猫が現れて、うちの子猫の一匹に跳《と》びかかったのだ。父ちゃんはその雄猫を追い払おうと走っていった。しかしその子猫はすでに押し倒されていた。雄猫はその頭にかみついた。皮膚が食いちぎられた。立ち上がれない。父ちゃんは何かの薬を調合してその頭に塗《ぬ》ってやった。しかし回復しなかった。

父ちゃんはドアを皆閉めるよう言った。雄猫がまた侵入してこないように。子猫をかむのが雄猫の仕事なのだ。

雄猫はもう入ってこなかった。しかし心配の種はいっこうに去らなかった。

わたしは子猫《こねこ》がとっても気に入っていたのだ。

母ちゃんが台所から出てきて見ると、わたしが子猫ともつれあっている。おじいちゃんが来て見ると、わたしが子猫の一匹にキスをしている。父ちゃんが来て見ると、一本の子猫の毛がわたしの口に付いている。

おじいちゃん、「子猫を捨ててきなさい」

母ちゃん、「子猫がいたら、あの子、病気になるわ。捨ててきて」

父ちゃんは黙ったままだ。わたしは子猫が大好きだ、だからわたしは病気になる。なんてすてきなんだ！

母猫を取り囲んでいる三匹は白、黒白、それに赤白の子猫だ。ボールを投げてやると、虎《とら》が魅《み》せられたように紙のボールの上に跳《と》びかかる。こんなすてきな跳躍《ちょうやく》、ほかのものはできっこないだろう。その子猫を捨てねばならないなんて。

悲しくなって、わたしは母ちゃんに言った、「捨てないで」

母ちゃんは「あの猫たちがいると、おまえが病気になるのよ」と言う。

やっぱり猫を捨ててこなければ、ということになった。

父ちゃんはおじちゃんに頼んだ。「今日、猫を捨ててきてくれ」

しかしおじちゃんはいっこうにその仕事にかかろうとはしない。うちに来ることは来た。食事をした。わたしをゴビンド、ゴビンド（牛飼いであるクリシュナ神の別称《べっしょう》）と呼んだ。肩《かた》に乗せて踊った。そのあとまた出ていってしまった。いったい猫をいつ捨てるつもりなのか？

「猫《ねこ》たちを捨ててないじゃないか？」と、父ちゃん。

「捨てるよ、いつかね」とおじちゃん。

母ちゃんは言った、「今日捨てなければ。あの子ったら、あんな風にひざに乗せて！」

みんなして今日にでもわたしが重い病にかかるのではないかという恐れに取りつかれ出した。病気は家の門口までやって来ている。

父ちゃんはおじちゃんこそ猫を捨てるに格好の人物だとにらんだのだ。うちの者が捨てるのは後味が悪い。しかし、おじちゃんだって捨てようとしない。おじちゃんは役立たずだ。猫を捨てる仕事なんて、まっぴらごめんなのだ。

父ちゃんは言った、「わたしが捨てねばならないな」

父ちゃんは猫たちをじっと見つめていた。わたしは紙切れを持ってきた。しかし、父ちゃんは以前のようにボールを作って投げようとしなかった。猫たちは父ちゃんとわたしの回りをぐるぐる回り出した。

父ちゃんは書いている、「猫たちを捨てるのに、どんなにつらい思いをしただろう」父ちゃんはある日の午後、わたしを天女のところに連れていったが、そのことは日記に書き残さなかった。猫たちのことは書いていた。

容器に親猫と子猫たちを詰めて、父ちゃんは外へ出た。

一台のリキシャを止めた。リキシャ引きは聞いた。「先生、どこへいらっしゃるんで」

父ちゃんは容器をリキシャに乗せて言った、「どこかへ行ってくれ」

もう夕方になっていた。光とやみで街は揺れていた。寒さがしのび寄ってきた。父ちゃんは座っていた。

リキシャ引きはまた、「どこへいらっしゃるんです、先生」

父ちゃん、「公園の方へやってくれ」

ちょっとしてから父ちゃんは言った。「いいかね、リキシャ引き君、わたしはとある悪事を成《な》し遂《と》げるために出かけるのだよ」

「どんな悪事です」

「わたしは猫《ねこ》を捨てるために出かけるのだ。とてもいやな気分だ」

「育てた猫を捨てるのはいやなもんですな」リキシャ引きも言う。

そのリキシャは公園の東側に来て止まった。リキシャ引きは言った。「ここにお捨てなさいよ」

父ちゃんは何も言わなかった。リキシャは走り出した。いっとき、公園を通り過ぎてしまった。

リキシャ引きが声をかけた。「先生、捨てる場所は過ぎてしまいました」

父ちゃん、「そうか、リキシャを回してくれ」リキシャは戻った。

公園の東端の道は床のようにきれいで、そこの歩道はもっときれいだった。その側にたくさんの緑があったが、父ちゃんはそこに容器のふたを開けて猫を捨ててきた。捨てて、戻りしなに見ると、親猫ともう二匹の子猫が飛び出すのが見えた。残りの一匹は容器に閉じこめられてしまっている。父ちゃんはリキシャのすぐそばまで来ていた。が、また引き返し、その子猫《こねこ》を出してやった。子猫は泡を食って飛び出し、母猫、兄弟猫のかたわらへ行って立った。みんなミウミウと鳴いた。一匹の猫が跳《は》ね上がった。親猫は跳《と》び上がって壁の上に立った。子猫たちも跳び上がろうとした。しかし、とても高くて上れない。親猫は下りてきた。

父ちゃんはリキシャに戻って座った。リキシャは走り出した。父ちゃんの目に涙。リキシャはかなり遠くまで来た。父ちゃんはリキシャ引きに言った。「戻ってくれ、猫たちを見てくる」

リキシャ引き、「だいぶおつらいようですな?」

リキシャは戻ってきた。親猫が子猫を連れて歩いていた。北を指している。一匹の子猫が先に行く。あの親猫が真ん中にいる。後ろに残りの二匹。まるで公園を出て家に戻っていくようだ。

「どこへ行くんだろう、あいつらは?」父ちゃんは自問した。父ちゃんは北になじみがない。

父ちゃんは家に戻ってきた。何もしゃべらなかった。わたしはひざに乗った。父ちゃんはわたしと踊らなかった。笑わなかった。ちょっとしてからまた出ていった。

「また公園の東端に戻ってみた」父ちゃんは書いている。「あいつらが公園のそばの道に寝ていると思って。連れ戻そうと決めていた。長いこと歩き回った。でもあの親猫と子猫はもうどこにも見当たらなかった。帰るとき、眼鏡《めがね》が曇《くも》っているのがわかった」

写真よ　お話しして

写真がお話しできたり、あちこち歩き回ることができたらもっとよかったのに。わたしの宝物は一山の白黒写真だ。そのころはまだカラー写真の時代は到来していなかった。わたしのご秘蔵はすべて白黒だ。そのいくつかはさらに色あせてしまったが。しかしわたしの目は見逃さない。色あせてしまってもわたしは見ることができる。何冊かの小さなアルバムに詰まっている、金にも等しい写真類。写真の裏には父ちゃんの手書きの文字。真珠《しんじゅ》のようなとても細かい文字。わたしもこんな風に書けたら。

ある写真ではわたしはまさにイディオットそのものだ。口にペンを一本くわえている。ペンを食べている。幼いときというものはなんでも食べて見たくなるころだ。ペンがおいしいかどうか、食べてみなければならぬ。レンガのかけらがおいしいかどうか、食べてみなければ。本がおいしいか、試さなければ。食べられなくても、どんな味か、納得したい！

父ちゃんのひざでわたしはペンをかじっている。

父ちゃんは「全部食べてごらん」と言っているかのよう。

わたしも、「食べられなくても、ペンがどんなものかわかるね」と言っているかのよう。

父ちゃん、「おまえはこれ以上、何を食べたいのかね？」

わたし、「お月様、食べてみたい、あんなに白いのはなぜ？」

父ちゃんはこう言っているかのようだ。「これ以上、あなたは何を食べたいのですかな、賢《けん》人《じん》、イディオット様？」

わたし、「お日様がこんなに赤いのはなぜ？　食べてみたい」

父ちゃんの写真を見るのがわたしは好きだ。見つめているうちに、父ちゃんが写真から出てきて、床に下り立ったかのように思えた。それからわたしと会話を始める。父ちゃんの写真の多くは目を伏《ふ》せている。まるで眠っているような父ちゃん。座っていたり、立っていたり、歩いたり、わたしをひざにし、わたしを抱いている。

わたしは尋ねる、「父ちゃん、写真取るときに眠るのはなぜ？」

父ちゃんは「カメラが怖いのさ」と言ってるかのよう。

わたし、「唇《くちびる》をこんな風にゆがめているのは？」

父ちゃん、「笑いたいから」

父ちゃんは髪で額を隠している。耳を隠している。右になんてはっきりした分け目をつけているのだろう。そして目には太い黒縁の眼鏡《めがね》。もし今であってもこんなに太い縁の眼鏡をかけただろうか、父ちゃんは。
「父ちゃん、眼鏡の縁がこんなに太いのはなぜ？」
「教授に見えると思ってさ」と、父ちゃん。
「今でもこんなに太いのにする？」

「いや、今だったら、金のフレームの眼鏡《めがね》をかけたさ」父ちゃんはそう言っているかのよう。

ある一枚の写真では、わたしは公園を歩いている。母ちゃんの手を取って。もう一枚の写真では火炎樹《かえん》の枝の上でずっこけてしまっている。小さいときはすべて間が抜けているが、写真ではさらにおばかさんだ。わたしのものはみんなすべて間抜けだ。それでもとってもすばらしいものがいくつかある。自分ながら褒《ほ》めたくなる。

父ちゃんに質問した。「写真全部がすばらしく見えないのはなぜ?」

父ちゃんはおそらくこう言っただろう、「すばらしい写真はいつでもすばらしい。ほかの写真もその時々によって、すばらしく見えるものだよ」

わたし、「父ちゃん、右に分け目をつけているのはなぜ?」

父ちゃんは言う。「父さんみたいにならないようにさ。わたしの父さんはね、髪をとかせなくなっていたよ。左に分けてたらどうしようもなかったよ」

わたし、「僕、左分けだよ」

父ちゃんは笑って、「おまえの父さんはちょっと変わった人なのさ」

わたしがアルバムを閉じると、父ちゃんはまたアルバムの中に収まる。わたしとのおしゃべりは終わる。アルバムを開けると、父さんは部屋を歩く、ベランダ、公園の緑の草の上を。わたしの手を取って歩かせる。胸に抱きしめてキスをする。わたしを呼ぶ、「賢人《けんじん》、イディオット」

わたしは父ちゃんの方をじっと見つめている。父ちゃんをそれ以上見ることはできない。

わたしの24時間

わたしのために一つの小さな寝台がこしらえてあった。わたしがまだわたしとしてでき上がっていないとき、そこで子猫《こねこ》のように眠り続けていた。なんて柔《やわ》らかく、周囲はなんてきれいな造りだったんだろう。白い蚊帳《かや》もかけてあったようだ。ほ乳瓶を口にして、そこで眠りについた。しかしわたしが一人前に立つことを学んでからは、わたしをこれ以上、ここにとどめておける者はいまい！　まわりの造りが牢獄《ろうごく》のように思えてきた。立つとすぐに、「おい、おい、がー、がー」と始めたものだった。父ちゃんが駆け寄ってきて抱き上げる、母ちゃんが走ってきてひざに乗せる。なんて幸せなんだろう、さくから外に出るのは。

わたしをもうあそこに囲っておくことはできない。

母ちゃんは言う。「もったいない、あんなにお金をかけて作ったのに」

父ちゃん、「もう部屋を独り占めにしているだけだよ」

憎《にく》たらしい寝台は片付けられた。なんてすばらしい！　ひとたび母ちゃんのひざで眠れば、父ちゃんの上に足を一本乗せれば、だれがこれ以上一人で、あの固い寝台で寝られよう！

こっちで寝ると糸車になったようだ。もし母ちゃんのそばに横たわれば、次は潜りこんで父ちゃんのところに上がってくる。あるときは足一本は母ちゃんの顔の上に、頭は父ちゃんの胸の中になる。眠るならばこのように眠らなければ。わたしはそこらに転がっている石か？　石のように夢を見ることもないならば、そこらにそのまま転がっていられようが、わたしは毎晩夢を見ていたのだ。夢で天女のいる国をめぐっていた。だから寝床いっぱい回転しているのだ。

このことをだれもわかろうとしない。夢を見ない人が夢を見ている人たちをどうして理解できようか？　母ちゃんはわたしを引っ張ってオイル・クロス（油布。おしっこが漏《も》れることを防ぐ）の上に寝かせる。

半分眠りながら、母ちゃんは怒って「ここでお眠り」と言う。

怒るのも無理はない。わたしが来てからと言うもの、母ちゃんはもうずっと熟睡《じゅくすい》できていないんだ。

あのオイル・クロス？　いまいましい！　だれがあそこで一晩じゅう、おしっこにぬれて過ごせるか。夢見る人にとって、オイル・クロスは我慢できない。

わたしはやることがたくさんあったので、だれよりも先に目が覚めた。母ちゃんより先だ。起きると、わたしは母ちゃんの髪の毛で遊ぶ。

それを引っ張ってみる。なんて固いんだろう。

母ちゃんは目を覚まし、「引っ張らないでよ。起きちゃうじゃないの」

父ちゃんの鼻に指を一本入れてみる。ほんとは鼻には指を入れたくなかったんだ。口に入れたかった。

小指がその鼻に入る。

父ちゃんは「くっしょん」をして起き、わたしを抱いた。わたしのほおをつねった。母ちゃんは起きるとすぐバスルームに走る。急いで全部やってしまわねばならない。母ちゃんは急いでサリーを着る。朝からあんなきれいなサリーを母ちゃんが着るのはどうしてだろう？　わたしには新しい服を着せてくれないのに。

ある日、気がついた。朝、新しいサリーを着ると、母ちゃんは天女になる。どこかへ出かける。何度も「おい、おい」と言っているのに、知らん顔。天女になるともう母ちゃんはうちでじっとしていない。どこやら行ってしまう。母ちゃんにきれいな二枚の羽が生えたみたいだ。その羽で飛び上がり、ずっとずっと遠くへ母ちゃんは行ってしまう。

わたしも我慢できなくなる。新しいサリーを着るのを見るとすぐに、母ちゃんのひざに飛び乗る。

「今度はフォジラのおひざに行きなさい」母ちゃんは言う。

わたしはそのとき、頭を振《ふ》ることを知っていた。「いや、いや、おい、おい」

階段のところまでわたしを連れていかなければすまない。フォジラのひざにわたしは乗せられる。母ちゃんは天女になってどこかに行ってしまう。

父ちゃんはとてもいい。そんなにあわてて服を着ない。バスルームに入ると、わたしも入る。父ちゃんの顔のあれは何だろう？　なぜ、白いものを塗《ぬ》っているのだろう、父ちゃんは？　何だか気持ちよさそうだ！

くりるり、くりるり、と、それは音を立てる。わたしははしゃぎ出す。

よちよちとわたしは歩いていく。父ちゃんはそれを顔につけて忙《いそが》しい。わたしはあわてて行ってどっと倒れこんだ。くりるりの音が止んだ。わたしは泣き出す。

わたしのせいでそれは今は高いところにある。くりるりの音に、わたしが走っていっても、触ることができない。

ドアの方にわたしの目は向けられている。そこを通ってみんなどこへ行くのだろう？　そこを通ってみんなやって来る。どこから？　ある日、ドアが開いていた。わたしは階段まで足を伸《の》ばし、まさに落ちようとしているのがわかった。しかし手すりにつかまった。父ちゃんが走ってきた。

「いたずらな子だ。今のうちは捕まえられるが」

母ちゃんはわたしをひざに乗せた。「この鬼《おに》っ子、鬼っ子」

わたしは一枚の上着を持ってベランダを歩いていた。父ちゃんの書斎《しょさい》をのぞこうとする。父ちゃんはわたしを見るとすぐにいすから立ってやって来た。

父ちゃんがはやす。「あれを捕まえろ、あれを捕まえろ」

わたしはのろのろ走っている。父ちゃんはわたしに追いつけないかのように走る。ずっと後ろにいる。わたしは走って母ちゃんのひざに乗った。

わたしはたくさんの言葉を学んだ。引かれた言葉の一つに「悪い子」がある。

父ちゃんに言った。「ねえ、父ちゃん、僕ってずいぶん悪い子だよ」

父ちゃん、「そうかい」

「お昼間、寝るようにって言われたら、僕は目をつぶって起きているんだ。絶対寝ないのさ」

父ちゃん、「じゃあ、昼間寝てるのはだれだ?」

僕は跳《と》び上がって言ったのだ。「僕」

父ちゃんがチョコレートを持ってきた日はとてもうれしかった。持ってはきたものの、父ちゃんはすぐにくれなかった。チョコレートはさらに魅力《みりょく》的なものになった。よけいにチョコレートを食べたい気持ちになった。

ドアのところに立ったまま、父ちゃんは言った、「どこだ?」

わたしは叫んで言った。「ここ」

父ちゃんはさらに、「ど・こ・だ?」

わたし、「ここ」

父ちゃん、「だれが食べる?」。その手には、高々と差し上げられたチョコレート。

わたしはうれしくなって父ちゃんに抱きつき、踊りながら言った。「僕食べる、僕食べる、僕が食べるってば」
父ちゃんはチョコレートを割ってわたしの口に入れてくれた。なんて甘かったんだろう、チョコレートは。

はだしで明け方に歩いたこと

父ちゃんはわたしにいつも靴をはくよう言う。あんな靴、だれがはきたがるものか。父ちゃんの目はすぐ、わたしの足に向けられ、「靴はどこだ？　靴はどこだ？　靴はどこ？」と言うのだ。耳が痛くなってしまう。

靴をはいているうちにわたしの足が熱くなる。だからはだしで床を歩くのが好きだ。バスルームに入って足をぬらす。顔をぬらす、上着をぬらす。

その夜は冷気に満ちた、なんて気持ちよい日だったんだろう。ふとんの中で母ちゃんに抱きついていたので、体はほてっていた。明け方になったが眠りから抜け切れないでいた。父ちゃんが眠りから覚めた。まったく驚きだ。父ちゃんがわたしより先に目を覚ますなんて。

父ちゃんはわたしをつついて言った。「行きますか？」

わたしの眠りはガラスの杯のようだ。指が触れれば粉々に砕けてしまう。

目を開け、「行く」と跳《と》び起きた。

母ちゃん、「あら、あなたはこの子も連れていくつもりなんですか？」

父ちゃん、「ふむ」

わたしは跳び上がり、震えながら寝床から起き上がった。父ちゃんはわたしに上着を着せた。

わたしは靴を取りに走っていった。

父ちゃんは言った。「今日は靴をはかない」

どんなにうれしかったろう──靴をはかない、靴をはかない、と歌を歌いたくなった。父ちゃんだって、見れば、はき物をはいていないのだ。

母ちゃんは言った、「あなたたち、お先に。わたしは後から行きます」

外へ出て見るとなんてすごいんだろう！　たくさんの人々。はき物をはいている人はいない。わたしの足も、父ちゃんの足も。前方を行く人たちも皆はいていない。そばを行く人も皆はいていない。後ろに続く人たちもはいていない。なんてゆっくりと進んでいるのだろう、みんな。わたしが時々調子をつけて泣くように、人々はむせび泣くように歌を歌っている。

たくさんの人が手に花を持っている。大きな花輪を。みんな泣きながら、押し殺したような調子で歌を歌っている。みんな兄弟のために泣いているのだ。ある日、こんなにたくさんの人が兄弟を失ったのか？　兄弟の血でその一日は染められたのか？　こんなにたくさんの人の兄弟が？　どういう人たちなんだろう、これだけたくさんの人の兄弟だとは？　わたしなんか、兄弟は一人もいない。わたしを兄弟だと言う人はいない。が、あの人たちはこれだけの人の兄弟なのだ！

父ちゃんは言った、「歌おう」

父ちゃんが歌を歌う？　父ちゃんが歌うなんて、今まで聞いたことがない。

父ちゃんは歌っている。「わたしの兄弟の血に彩《いろど》られた二月二十一日、忘れることなどあろうか?」[*4]

父ちゃんも兄弟を失った。父ちゃんも忘れられないのだろうか?

わたしも歌い出した。「わたしの兄弟の血に……」

兄弟を失った者たちは皆、明け方にはだしで歩き、泣くのか?「忘れることなどあろうか?」と、わたしは泣き声を上げた。こんなに大勢の人が群れをなして、どこへ行こうとしているのだろう?

わたしはそんなにしっかり歩けない。だから道の端を歩いた。列をなして歩いてゆく人々がなんてすてきに見えることだろう。みんなの歌声にわたしの胸は震えた。

どこからか、父ちゃんがたくさんの花を持ってきた。一本の黒いリボンを持ってきて、わたしの胸の前に付けた。わたしの胸に黒いリボン、手にお花。これはまた、何という日の到来だろう! これだけの人、これだけの花が集まる日、それに黒いリボンの日、兄弟のために歌を歌う日なんて、今までなかったことだ。なかったのだろうか、それともわたしが幼かったので、わたしを連れてこなかっただけなのだろうか。

一人の女性がわたしを抱き上げた。そして「まあ、ぼうや、ずいぶん大きくなったこと」と言い、「どんな気持ち?」とたずねた。

わたし、「僕、泣いちゃった」

その人は言った、「だめ、泣いてはだめよ」

その人は黒いサリーを着ていたようだ。ほかにも大勢の人が黒いサリーを着ていた。わたしたちは前に進んでいった。しかしどうやってまっすぐ進むんだ。人、人。そして歌、泣き声の入り交じった歌。わたしは内心何度もつぶやいた。「何だかずいぶん遠くまで行くなあ」わたしは歩けなかった。こんなに歩いたことがない。足の裏がむずむずするようだ。気持ちよくもあった。父ちゃんはわたしを抱いてずいぶん歩いた。

来て見ると太陽が一つあって、みんなはその前に花をささげている。たくさんの花が積まれている。もう少しでたくさんの花の中にその太陽は埋まってしまうだろう。赤く輝くような太陽が黄色や赤、青の花の中に沈んでしまう。列をなしみんなが花を置いてゆく。わたしたち、父ちゃんとわたしはゆっくりと太陽と花の方に進み出した。わたしは忘れられようか？　わたしは忘れられようか？　と歌いながら、わたしはわたしの花を一本、太陽の足元に置いた。

父ちゃんは持ってきた花を太陽の足元に置いた。太陽が一本の巨大な花になって周囲を満たし、花々は赤い赤い太陽になって十方に散らばったように思えた。

家に帰ってきてからも、わたしの胸いっぱい、あのすすり泣きが響いていた。「わたしが忘れることがあろうか？　わたしが忘れることがあろうか？」

国旗の誕生

父ちゃんは書いている、「こうなることは前から予想されていた。パキスタンとはある仕組まれた名前なのだ。[*5]ここでは何かあるにしても策謀《さくぼう》と裏切りがつきまとう。選挙は一つの見せかけだ。彼らは選挙をすれば、ベンガル人の力は弱体化すると考えたのだ。選挙でベンガル人が多数を取るなんてありえないと。パキスタンの権力は一握りのパキスタン人の下に入るだろう。清められた国パキスタンは軍人たちの軍靴《ぐんか》の下に入るだろう」

父ちゃんの日記はこのころからかなり長くなる。それ以前の日記のどのページにもわたしがいた。しかし、あのはだしで太陽の下にお花を置いてきたあの日から数日すると、父ちゃんの日記の中でわたしの占める位置は急に減る。国とか、ベンガル、ベンガル人のことが増える。

「ベンガル人がパキスタンの支配者になることを夢見ているなんて！[*6]」とあり、また、「何という現実離れした考えだろう。そんな日が来ることはありえない。パキスタンはこれだけの武器を置いているではないか。パキスタンの軍人たちは自分たちの国を支配することにたけている。必要とあれば彼らはベンガル人たちをも引き抜くだろう。でも権力の座に着かせるなんてことはしない。民主主義というものをまったく考慮《こうりょ》していないかのようだ。パキスタンの権力の座に軍が着き、しかも民主主義も実現することはありえない」

この間の出来事をずっと、父ちゃんは書いていた。小学校三・四学年のときに、父ちゃんの書いたことを読んだことがあるが、そのときは理解できなかった。しかし今はわかる、とてもよくわかる。周囲を見ているとよくわかる。

父ちゃんと母ちゃんはその日、少し早めに家に戻った。わたしはとてもうれしかった。

父ちゃんは母ちゃんに、「この先、ずいぶん危険になった」

母ちゃんも言った。「わたしもそんな風に思いました」

危険という言葉を聞いて、わたしはとても怖くなった。寝台のそばでわたしの足が引っかかったあの日、どんなに危険だったか。

「父ちゃん、危険って、どういうこと？　父ちゃんたちが急いで戻ってきたから？」

父ちゃんはわたしをひざに乗せて言った、「違うよ、急いで戻ったから危険なのではない。危険だから急いで戻ったのさ」

危険が待ちかまえている、それを父ちゃんに抱かれてベランダからのぞき見ることができた。ついい数日前にはだしで出ていた大勢の人たち、その人たちが再び街頭に出ている。しかし今日はもう、「忘れることなどあろうか？」と歌い、泣いているのではなかった。今日、みんな熱狂的《ねっきょう》になっているのを見た。

みんな一緒《いっしょ》に叫んでいる、「バングラに勝・利を」

今回、みんなははだしで歩いているのではなかった。手に花を持っていなかった。むせび泣きとあの歌曲を胸に秘めて来たのではなかった。その手はこぶしを作り、しかも空に差し上げて叫んでいる。手に棒を持っている人たちもいた。かなりの早足でどこかへ進んでいるようだ。叫び声を上げている、「バングラに勝利を」と。

父ちゃんはゆっくりと言った。「バングラに勝利を」

わたしはとても気持ちよかった。手を高く上げてわたしも言った。「バングラに勝・利を」

行列は尽《つ》きることがない。行列が視界から消えても、さらに別なのが来る。

まるで空を突き破るかのように叫んでいる。「バングラに勝利を」

わたしは家じゅう走り回りながら言い始めた。「バングラに勝利を」

父ちゃんの日記はベンガル、ベンガル人そして独立の言葉でいっぱいになった。父ちゃんは書いた。

「一九七一年三月一日

ラジオの宣言を聞いて、カレッジの青年たちは行進をしたり、群れをなしてカレッジに集まってきた。わたしは教室から出てみた。聞けば、ダッカで予定されていた国民議会が開かれないというのだ。

青天の霹靂《へきれき》のように思えた。胸にショックを感じた。身震いを覚えた。恐れを覚えた。パキスタンの怪物《かいぶつ》たちは何をしたがっているのだ？（父ちゃんのよく使う言葉は、怪物と人間。怪物たちを父ちゃんはとても嫌っていた。だから支配者、パキスタンの支配者たち、軍人たちを父ちゃんは怪物と見ていたのだ。）何らかの攻撃が必ずベンガル人たちに加えられるだろう。

人の波が都市じゅううねっていた。道という道が今はただあふれんばかり。ただ一つの言葉が雷のように至るところに響いている。「バングラに勝利を」と。その響きを聞くと、体が震え上がる。叫ぶときに体が熱くなる。人の波はパキスタンの第二の首都をうねった。ジンナー通りに、テジガオン地区に。都市じゅう、あらゆる方向から行列はダンモンデイ地区へと進んでいった。

一九七一年三月二日

ベンガルじゅうが閉まってしまった。オフィスは閉まり、学校は閉まり、カレッジは閉まり、大学はとりでとなった。今はあちこちの道だけが動いている。道路は今や人の行進で洪水のようになった。ベンガルでこれほどの行進はかつて見られなかったものだ。ベンガルはその行くべき方向へと進んでいる。ベンガルの自治運動はさらに先に進むのだろうか？　自治よりも大きな、そう、独立が必要なのか？　しかし独立ということがそんな簡単にできるだろうか？　たくさんの血を求められるのではないか？

パキスタンは今日、ダッカ大学で灰になった。月と星を描《えが》いた旗が引きずり落とされたのだ。ベンガル人たちによって。それは欺瞞《ぎまん》の旗印となった。あの旗の下ではもうやってゆけない。わたしたちに必要なのは新しい旗だ。ダッカ大学の学生、学生の指導者たちはこう表明した。この人たちはこの先、危険な道を歩むことになる。しかし今日、彼らはベンガル人にこれからの道を示したのだ。

コラボボン（ダッカ大学芸術学部があった建物）の西側のゲートの屋根が今日、不滅《ふめつ》になった。わたしら数千の人々がコラボボンの前に立った。人また人の森。学生の指導者たちはゲートの屋根に上った。演説をし、それからパキスタンの月と星のマークの旗に火をつけた。緑の旗は燃え上がった、「われらがコームの旗[*7]」に火をつけたのだ。「清らかな国土に栄えあれ」の旗に、月に、星に火がついた。パキスタンは灰になった。そして新しい旗、緑の地の旗ができた。真ん中に赤く輝く太陽、さらにその中に五万六千平方マイルのベンガルの国土[*8]。自分たちの心が旗になって揺れ出すように思えた、コラボボンのゲートの屋上に。旗が上がった、旗が上がった、ベンガルじゅうに新しい旗が揺れた。

　突然、みんなの心に不安がよぎった。パキスタン軍が来るとのうわさが流れた。パキスタンの国旗が燃やされたこのコラボボンを彼らは攻撃するかもしれない。学生たちの血、群集の血でコラボボンの建物が血塗《ちぬ》られるかもしれない。みんな急いで逃げ始めた。家の方に向かったのだった…」

　午後、うちの屋上に一本の国旗が揚げられた。それまでわたしは国旗というものを見たことがなかった。緑、深緑の旗だ。真ん中に赤い太陽が一つ、ほら、はだしでわたしが花を置いてきた、あのときのような太陽だ。中に何かの印が描《えが》かれているような図だ。

　父ちゃんに尋ねた、「父ちゃん、これ何?」

　父ちゃんは言った、「これはバングラ、バングラの国だよ。わたしたちの国だ」

　うちの屋上にわたしたちの旗がたなびいている。屋上にバングラデシュが揺れている。目を閉じても見ることができる。ここの屋上、向こうの屋上、そしてあの屋上、屋上、屋上にたなびく旗、旗、旗。バングラデシュがたなびき、バングラデシュが揺れている。胸の内に、屋上に。

ファルグンーチョイットロ月は苛酷《かこく》な月になった

父ちゃんは書いている。「あの二月、ファルグン月が来て、わたしたちの国は激変した。寒さは去ろうとし、葉は枯れていても、骨のように固い枝を貫《つらぬ》いて葉や花が芽生える。反逆の季節、革命の季節が来る」

旗を揚げた日からとてもうれしかった。母ちゃんが朝、サリーを着、天女になって出かけていくことはもうないし、ベランダで父ちゃんに抱かれていると、見える、見える、人、人が。今までこの目でこれほどの人を見たことはなかった！　そしてあのバングラに勝利を！の叫びも。

「一九七一年三月三日

あたり一面、数千の人々が行進をし、「バングラに勝利を」の声が空を震わせ、手に棒を持った人々はダンモンディ32番通り[*9]に向かっていった。

果たして人々は正しい指示を得られるだろうか？　それともこんなにたくさんの人々の反逆が無に帰すのだろうか？　しかし無駄《むだ》になるとは思えない。人は炎《ほのお》のようになり、恐れを感じなくなっていた。テジガオンで民衆はパキスタン軍を取り巻いていた[*10]。シレトでは民衆が軍に攻撃を加えた。コミラでは東パキスタンの軍と民衆が同盟を結んだ。周囲はめらめら燃え上がっていたのだ。今はただ火がすべてを燃やし尽《つ》くすしかない。

今日、陸軍の小隊でバシャニ（マオラナ・バシャニ。ムスリム農民の指導者）の主宰《しゅさい》する人民集会があった。彼は民衆を燃え盛る火に変えてしまった。老練な指導者は自主独立を示唆《しさ》したらしい。しかしすべてが今日、（ダンモンディ）32番通りを目指した。32番通りから人々は成果を得るか、失うかして数日のうちに戻ってくるだろう。

一九七一年三月七日

レースコース（現在のスフラワルディ庭園）には巨大なアワミ連盟のシンボルマークの舟が作られた。そこに指導者たちが詰めていた。レースコースが今日はベンガル湾《わん》のようだ。ベンガルのすべての河川がそこに注ぎこむ。あたり一面、わめき叫ぶ顔々。こっちから人々が集まってくるし、あっちからも集まってくる。学生が来た、ダッカ大学から、カレッジから。学校から。労働者がアドムジから、デムラから、テジガオンから、トンギから。皮職人たち、縫製《ほうせい》職人たち、農民たちが来た。「バングラに勝利を」、「バングラに勝利を」「バングラに勝利を」。周囲に同じ声が上がった、行列から行列へ。軍は攻撃するのだろうか？　一台のヘリコプターがわたしたちの上を飛んでいった。わたしたちは怖くなった。が、再び恐怖をぬぐい取った。みんな言った、「パキスタン軍がぬれ猫《ねこ》のようにじっとしている。しかし、これは本心なのか？」

これはシェイク・ムジブの叫びなのか？　彼の胸の内に今日、バングラデシュのすべてがかかっている。すべてのベンガル人が胸に抱いている怒りが彼の胸から、彼ののどから出て、広がり始めたと思えた。レースコースに、公立図書館に、コラボボンに、高裁に、ロムナ・パークに。ブリ・ゴンガ（オールド・ガンジス河）を抜け、トンギを経て、四方に、十方に、全ベンガルに。学校は閉鎖。カレッジは閉鎖。大学も閉鎖。銀行も閉鎖。オフィスも閉鎖。

そしてもし一発の銃弾《じゅうだん》が発せられたら……。

シェイク・ムジブは胸の恐れを払いのけたかのようだった。今日、独立を宣言するのだろうか？　胸が震えた。今日その宣言をするほど彼は急変するだろうか？　大衆は宣言を待ちかまえているかのようだ。宣言されればテジガオン地区の方へ走るであろう。六九年のときに彼らが走ったように。シェイク・ムジブは、「今度の戦いは独立の闘いだ。今度の闘いは我々の解放の闘いだ」と叫んだ。聞いて恐ろしくなった。これは正しくは独立の宣言そのものではない。「解放」の言葉が混乱を与えた。解放の途にはいろいろあろう。しかし独立は一つだ。

不安を抱きながら集会を抜けて帰ってきた。みんなとても不安を感じていた、高鳴っていた――家々にとりでを作ること。家々にとりでを作ること。こんどの戦いは我々の解放の闘いだ。今度の戦いは独立の闘いだ。この国の人々を解放してインシャッラー（もしも神が欲したまうならば。先のことを話すときのイスラム教徒の慣用句）に委《ゆだ》ねる――。どうやって解放を実現するつもりなのか？　パキスタンのままで独立と解放？　彼の中にまだパキスタンがあるのではないか？　学生たちが彼の上に新しい国旗とバングラデシュを押しつけたのではないのか？　そして胸を揺さぶるあの歌、「わたしの黄金のベンガル、わたしはあなたを愛します」[*11]が。

一九七一年三月十日
今、ベンガルに目を向けると、屋上に目がいく。地球上でもっとも若い、濃《こ》い色の旗が不敵にはためいている。反逆の旗が。道路を見れば、河道を水が流れるように進む行列。もはや素手ではなく、手にこん棒。あり合わせのもので人々は身を固めていた。耳に鳴り響く歌、「黄金のベンガル、わたしはあなたを愛します」さらにあの休むことなく叫ぶ雷のような響き、「バングラに勝利を」。こんなときはベンガル人の人生にかつてなかったことだ。

シェイク・ムジブはどうしているのだろう？　みんなが彼の方に向かっているのに？　みんなをどっちに進ませようとしているのか？　わたしたちは独立の方へ向かっているのか？　そうであれば、行く手には大量の血と、死に至る道が待っている。

ぬれ猫《ねこ》のようにふるまってはいてもパキスタンの軍は信頼できない。ある日、飛びかかるだろう。ムジブはそれをわかっているのか？　学生、労働者、農民はわかっているのだろうか？それぞれの家をとりでに、と言ったって何もないではないか。中国やアメリカ製のライフル、機関砲、戦車の前にこん棒を持って立ち向かえるか？　とは言っても、ここはパキスタンではなくなってしまった。今はバングラデシュなのだ。

一九七一年三月十五日

シェイク・ムジブは何を話し合ったのか。ヤヒヤやブットとの会談で[*12]。彼らの言葉を信頼しているのだろうか？　そうであれば恐ろしい破滅《はめつ》だ。シェイク・ムジブは今もパキスタンの首相になることを夢見ていたのか？　パキスタンを彼はまだ一つの国と思っているのだろうか？そうであればたいへん危険なことだ。彼は明確な道を示すべきなのに、軍の高官とひそかに話し合いをしている。大衆は何も知らされていない。あるいは彼自身もご存じないということなのか。ある日、みんなと同じようにその意図を、恐ろしいかたちで知らされるのか。ベンガル人の血、ベンガル人の命をねらわれている、ムジブは理解していないのか？　いや、彼は民族の独立より、自分の党とその周辺を権力ある地位につけられるだろうと思って動いていた。[*13]

一九七一年三月二十日

三月いっぱい、バングラデシュに大量の血が流れた。チッタゴン、トンギ、ジェソール、ダッカ、クルナ、シレトで血が流れた。パキスタンの兵器でチッタゴン港はあふれた。話し合いという見せかけの裏でヤヒヤとブットが何を意図していたか、シェイク・ムジブは理解できなかったし、知りたくなかった。かれは民衆の圧力で怪物《かいぶつ》が頭を下げると思っていたのだ。

怪物たちは決してそうはしない。民衆には血があり、怪物には兵器がある。世界じゅうどこでも兵器を持つ者が勝つ。シェイク・ムジブはそれをまったく理解できないでいるのか？　機関砲、ライフル、そして戦車に直面した武器を持たない民衆がどれだけ耐《た》えうるか？　ムジブはバングラデシュじゅうを素手で立ち向かわせようとしているのか、怪物の兵器の前に？　話し合いでは何も起こらないと、普通の人だってすでにわかっていた。指導者の彼がどうして理解しないのか、彼の胸にはまだ妄想《もうそう》があったのか？

一九七一年三月二十三日

パキスタンが今日、終わってしまったということはわかった。長いこと、パキスタンでは三月二十三日を国民の日として祝っていた。学校、カレッジ、政府の建物、家の屋上にパキスタンの国旗を掲《かか》げていた。今年は、バングラデシュのどこにもパキスタンの国旗が掲げられていない。ただ兵舎の屋上に掲《かか》げられている。パキスタンは軍の施設内だけに狭《せば》められたのか？　今日、ベンガルじゅう、バングラデシュの旗、そして死を悼《いた》む黒い旗で満ちている。ベンガルの空は今日、まったく別のものとなった。

この日が今日、抵抗の日として祝われることになるのか？　三月二十五日に国民議会を開くことになっていたが、それも拒否された。あちこちで民衆と軍の摩擦《まさつ》が起きている。シェイク・ムジブは鬼《おに》たち[*14]と話し合いをするのか？　各部隊の中でベンガル人の軍人たちの武器を取り上げる動きがあった。彼らはそれに抵抗できないでいた。が、ジャエデブプルの兵舎では、手持ちの兵器を差し出さなかった。戦いの影が今、あちこちに広がっていた。

一九七一年三月二十五日

今となっては、その日がとても無意味な日だったと思われてくる。ムジブは話し合いの内容をまったく公表しなかった。民衆は彼らの意向を理解できないでいた。戦争の兆《きざ》しがあちこちに広がっていた。ムジブは戦争のために備えていたのか？　彼の中に権力への執着《しゅうちゃく》があったのか？　ある報道関係の友人がたいへん恐ろしいことを知らせてくれた。会談は決裂《けつれつ》した。ヤヒヤ大統領はひそかに西パキスタンに戻ったとか。ムジブは知らないのではないか。ヤヒヤはテイッカ・ハーン―どうもうで、人の血を喜んで飲むと言われるほどの人を州知事に据《す》えたらしい。

今日、一日じゅう、報道関係の友人と歩き回った。こっちの家、あっちの家と回った。みんな知りたがった。何が起こりつつあるのか？　みんな切実な質問を発した。しかしその答えはだれもわからない。みんなが考えている答えは、あまりに恐ろしくて、だれも口にしたくなかった。

答えは戦争と血だ。その友達は夜の九時になると言った。「今はもうお帰りにならないと。今夜、何かあるでしょう」何が起こるのか？　何が起こるのか？　それを想像できようか？　九時までに、家の方、アジムプルの方へ足を運んだ。家に続く通りに来て、学生たちが壁を道路上に突き崩しているのを見た。バリケードを作っているのだった。

「どうした、壁を壊してどうするのかね？」何が起こるというのか。

「今晩、軍が出動するはずです。だからバリケードを作っているのですよ」一人、顔見知りの学生が言った。

「このバリケードで戦車を阻止《そし》できるかね？」それとなく聞いてみた。

「いえ」彼は言った、「しかし、わたしらにこれ以上何ができるのです？」

素手で戦いに出向くのか、わたしらは？　わたしらはビアフラの内戦[*15]のような惨状《さんじょう》に向かいつつあるのか？　先が見えなかった。ベンガルの胸の上に重い石が落ちた。その胸を大量の兵器がねらっているのだ」

父ちゃんはこう書き残している。

恐怖の夜

やはりそう遅くまで起きていることはできなかった。眠りこんでしまったのだ！　すさまじい音に眠りながら叫び声を上げ、飛び起きてしまった。父ちゃんにしがみついた。トラットラッ・ルラッルラッ、グルムグルム、ドゥムという音が周囲に満ちわたった。東の方から人の叫び声が流れてきた。そしてあの音、トラットラッ・ルラッルラッ、グルムグルム、ドゥムドゥム。父さんは大急ぎで明かりを消した。眺《なが》めると、道路も光が消されているのがわかった。隣の家も明かりを消していた。

父ちゃん、「床に寝よう」

母ちゃんは暗い床の上に一枚の敷布《しきふ》を広げた。父ちゃん、母ちゃんの間に、床の上で、縮こまって寝た。父ちゃんにしがみついていた。父ちゃんは震えていた。父ちゃんの手のひらから汗《あせ》が流れていた。

また音が始まった。父ちゃんは敷布を引き寄せて寝台の下に持ってきた。

父ちゃんと母ちゃんはわたしを抱いていた。フォジラは台所で寝ていた。眠りを妨《さまた》げられることはなかった。どんな状況でも寝れるんだ！

トラットラッ・ルラッルラッ、グルムグルム、ドゥムドゥムの音。音がすると、父ちゃんの体の震えが大きくなる。寝床は寝台の下に引き寄せられた。真夜中にはわたしたちは寝台の下にすっぽり入っていたのだ。わたしも眠れなかった。恐くて硬くなっていた。トラットラッの音、なんて恐ろしいんだろう。まるで蛇のようにやって来る。わたしたちのドアの下を通って、今にも出てきてかみつきそう。

「母ちゃん、僕、水を飲む」。恐ろしさでわたしの胸は干上《ひあ》がっていた。

水を入れてきたそのカップが落ちて、粉々に割れてしまった。わたしたちの家の中でトラットラッ、ルラッルラッ、の音がしたかのようだった。父ちゃんは飛び上がった。

母ちゃん、「いやだ、コップですよ、手から落ちてしまったの」

その後からだ、すべての音がわたしにとって恐怖になったのは。木切れ一つ落ちても、わたしは怖くて飛び上がった。突然、だれかが窓を開ければ、驚いて飛び上がった。すべての音がわたしにとってトラットラッ、ルラッルラッと鳴っているように思われた。

怪物《かいぶつ》たちはどっちからやって来るのだろう？　どっちで弾を発射しているのか。わたしたちの家を取り囲んでいるように思える。わたしたちの家をねらってマシンガンを発射しているのだ。

父ちゃんは震えながら言った。「兵舎から軍が出動したに違いない」

母ちゃん、「でも軍はなぜ、これほど攻撃するの？」

父ちゃん、「音は大学の方からしてくる。あそこで発射しているのだろう」

母ちゃん、「ほんとに人を殺しているの、ためらいもせずに」

父ちゃんは言った。「恐ろしいことだが、パキスタン軍の連中は人を殺すのにちゅうちょしないらしい。恐らく学生たちを殺すのは終盤《しゅうばん》にさしかかっているだろう」

父ちゃんは一度、窓からのぞいた。しかしわたしたちの家から道路は見えなかった。あの夜は何も見えなかった。ただ音だけが聞こえた。血まみれになって死のひざに崩れ落ちる音が。

遠くで一つ、大きな火の柱が上がった。ぼうぼうと火は恐ろしい勢いで燃え上がっている。その火柱でうちの暗やみも輝きわたった。

トラットラッ、ルラッルラッ、グムグム、ドゥムドゥム。明け方になってきた。こわごわとモスクから礼拝の時刻を告げるアザーンの声音が流れてきた。

わたしたちは寝台の下、壁のそばで横たわっていた。

父ちゃんは言った、「寝ておいで。日が昇ったら起きよう」

わたしは長い時間、眠った。母ちゃんは起き上がっていき、のぞき見して、また、横たわった。こんな恐ろしい夜はそれっきりだった。

再び旗

隣家の人が叫び声を上げた、「あなたがたの屋上からバングラデシュの旗を下ろしなさい。そこにパキスタンの旗を揚げなさい」

父ちゃんと一緒《いっしょ》に僕も走ってベランダに行った。見ると、バングラデシュの旗がひるがえっていたあちこちの屋上に、再び月と星のパキスタンの旗が揚がっていた。赤い太陽はどこにもない。太陽の中にベンガルの国土がない。

隣家の人はまた言った。「パキスタンの国旗を揚げるよう、指令が出ています」

父ちゃんは急いで屋上に行き、バングラデシュの旗を下ろして持ってきた。はげしく身を震わせていた。今、これをどこに置こう？

父ちゃんは言った。「パキスタンの国旗が一つあったね？」

母ちゃん、「まあ、あんなもの、今、どこにあるんです？」

父ちゃんは寝台の下、台所、ごみを置く場所を捜《さが》し始めた。ごみの中から月と星の旗を探し当てた。しかしそれはもう旗ではなかった。ごみと化してしまっていた。もう用がないと思っておじちゃんはそれを靴ふきにしてしまった。父ちゃんも靴ふきにした。フォジラはそれで床をふいた。それは使えなくなっていた。どうして屋上に揚げられよう？　月は破れてぶら下がっている。そして星はどこに落ちたのか？

父ちゃん、「古い緑の布を一枚、くれないかね？」

フォジラは一枚の古い緑のサリーを持っていた。古い白い服も一着あった。

月と星のついた国旗を作った。その旗を揚げたくない。ぶら下げておこう。

父ちゃんは屋上にその国旗を持って出た。その旗は棒の先にぶら下がっていた。まるでこれからもうはためくことはないかのように。おじちゃんは旗につばを吐《は》いた。わたしたちの屋上ではつばに降伏《こうふく》したかのようにパキスタンの国旗がぶら下がっていた。

ダッカを脱出する

「全州都に今、全面外出禁止令がしかれている」父ちゃんは書いている。「何が起こり、起ころうとしているのか、理解できない。大学地区のジョフルル寮[*16]の方向に巨大な煙が上がっているのが見える。朝から煙が上がっている。そちらに軍は火をつけたのか？　ダッカが恐ろしい恐怖に襲われたかのように思えた」これが外出禁止令によって最初にわたしらが家に閉じこめられていたときのことだった。ベランダをのぞき見るのさえも勇気が必要だった。周囲はまったくの沈黙！

父ちゃんは書いている。「ラジオはただ懲戒《ちょうかい》の宣告ばかりだ。そのラジオを投げ捨てたくなった。つい先ごろまでそれが『わたしの黄金のベンガル、わたしはあなたを愛します』と流していたのに。今、そこからこれを流すのか？　シェイク・ムジブは今、どこか？　あのかたはおわかりないのだろう、話し合いの結果がこうなっていることを。今、どうすればよいのか？」

父ちゃんは書いている、「午後、（コルカタからの）放送を聞いて、体じゅうが震えた。昼に突然、その放送が『わたしの黄金のベンガル』の曲を流したのだ。その後すぐに、東パキスタンで内戦が始まったと告げた。再び黄金のベンガルの曲、そしてまた告げる。ラジオをつかんで震えていた」

午後になり、夕方になり、再び夜になった。また聞こえた、トラットラッ・ルラッルラッ、グムグム、ドゥムドゥム。怪物《かいぶつ》たちのダッカにおける二日目の夜が始まったのだった。その前に寝台の下に母ちゃんは寝床を作っておいた。わたしたちは寝台の下に横たわって寝た。父ちゃんは寝つかれなかった。母ちゃんも寝ていない。わたしまでも眠れなかった。まるでわたしたちのドアの真上にトラットラッ・ルラッルラッ、トラットラッ・ルラッルラッの音がするようだった。

「一九七一年三月二十七日(書いた日は一九七一年三月二十九日)

朝の時間、外出禁止令が解けた。わたしは市街のようすを見に出かけた。考えも及ばなかった、二晩で都市がこんなに変わってしまうなんて。道路という道路はただ、人、人。今までだったら人々はアイロンをよくかけた服を来て外出していた。今は寝巻き姿のような格好で出歩いている。髪はバラバラ、目元には眠らなかったためにできたくま。わたしはアジムプル地区の中を通ってニューマーケットの交差点に行き着いた。着くとすぐに恐怖に襲われた。一台、一台と、軍の車が来る。スタンガンが前方にねらいを定めて。今にも発砲しそうに見えた。前方に向かってちょっと歩いただけで、恐怖に襲われた。今すぐまた、トラットラッ・ルラッルラッが始まりでもしたら。

ダッカそのものが脱出しているように思われた。リキシャにすし詰めになって、あるいは徒歩で、人々は逃げ出している。肩《かた》に幼子、脇腹《わきばら》に幼子。肩に荷物。みんなが後ろ髪を引かれるようだった。人々は背を曲げていた、打ちひしがれていた。頭を上げていく人はだれもいない。恐れで背をこごめ、荷の重さで背をこごめていた。二、三の店は開いていた。商店主たちは逃げる前に店じまいの商売をするつもりなのだろうか。ビハール人たちがその間を縫《ぬ》って車で行く、「パキスタンに勝利を」と叫びながら。軍の間を抜け、背を曲げ、打ちひしがれてダッカからダッカが逃げていく。

鉄路の両側にあるスラムは焼けて灰になった。あっちこっちに死体が転がっている。正視できる人はいない。背後に軍の車。

大学内のジョフルル・ホク学生寮《りょう》は死体、死体だった。一階、二階は血だらけだった。わたしはもう目にすることができなかった。ある人が言った、「ジョゴンナト寮（イスラム教徒以外の学生のための寮）の状況はさらにひどい」

向こうにはG・C・デーブ（ゴビンド・チョンドロ・デーブ。シレト出身の哲学科教授）の死体が転がっている。わたしはこれ以上見ることができなかった。歩けなかった。家の方へ足を向けた。通りに出るとすぐ、前方からスタンガンでねらいを定めた軍の車が来た。後方からも来た。彼らにとって一人一人は的になるおおかみのようでしかなかった。

家に閉じこもろう。気がつくと、みんな、門にたたずんでいる。

わたしは言った、「行こう」

家に入ることはせず、久しく行かなかったラリカルへ向かった。

村へ向かう

田舎へ行く。わたしはすっかりうれしくなった。一度も田舎へ行ったことがない。父ちゃんも長いこと行っていなかった。行けば、わたしを連れていったはずだ。田舎の村とはどんなところなのか？　絵のようなのだろうか？

父ちゃんはわたしを脇《わき》に横抱きにして歩いた。おじいちゃんがある人と契約《けいやく》した。その人はわたしたちを送り届けて戻ってくる。その人の頭に荷物。母ちゃんはわたしの必要なものを入れたバッグを持った。おじちゃんの手に大きな荷物。父ちゃんはわたしを連れていた。

わたしたちのようにほかにもたくさんの人々が行く。どこやら寂《さび》れた、とても貧しげな裏道を通って、わたしたちは河岸に出た。舟で向こう岸に向かった。舟、そして舟。人そして人。こちら側に向かってくる人はいない。

なぜわたしたちは田舎へ行くのか？　長いこと行かなかったのはなぜ？　夜、眠れないから、田舎へ行くのか？　夜、寝台の上に横たわれないから、田舎へ行くのか？　どこの村へ行くのか？　父ちゃんと母ちゃんは長いこと行きたいと思っていたのだろうか？　わたしは何もわからない。わたしが喜んだのはわたしが村へ行くから。

ダッカがまるごと、わたしたちと村へ向かっていた。みんながわたしたちのように寝台の下に寝ていたのか？　この都会が寝台の下で寝ているのか？　あのトラッットラッ・ルラッルラッの音で、もうこの都会では眠れない。岸辺は人であふれていた。みんな脱出するのだろう。だれもとどまるつもりはない。わたしはとてもうれしくなっていた。

向こう岸がいっぱいになっても、舟はにこにこと、待っているわたしたちたくさんの人を連れにきた。ありがたい、善良な村の人たち。わたしは気持ちよかった。見知らぬ一人がわたしをあやした。これが村か？　周囲はたくさんの木。

父ちゃんは書いている。「ジンジラに来たときには、午後になった。夜はここで泊《と》まらねばならない」

それがわたしの最初の村行きだった。それがわたしにとって村での最初の夜だった。そこはすでにいっぱいになっていた。人々は周囲に寝床をひろげて横たわっていたり、座りこんだりしていた。木の下に、家のそばに。村では夜は木の下で寝なければならないのか？父さんの顔見知りの人がいたようだった。そこでわたしたちは一軒の家に上がることになった。村に来て、やっとわたしたちは夜中ぐっすり寝たのだ。

ここでは寝台の下で寝る必要はない。河の向こうからトラッットラッ・ルラッルラッの音が流れてくるものの、かなり遠い。河の向こうから光がこちら側にまで射しこんで落ちた。

朝になって、また、歩き出した。歩くのがここちよかった。あの明け方、一度はだしで歩いたが、多くの人があのときを思った。こちらに池、あちらに牛舎。村がとても気に入った。村の人たちもなんて善良なのだろう。道の途中、あちこちに小店がある。声をかけている、「シヨルボット（甘い果汁入りの飲み物）を飲んでいきなさいよ」

わたしたちはショルボットを飲んだ。その人たちが父ちゃんからお代を取らないのを見た。だれからもお代を取らない。その中の一人が父ちゃんにたずねた。「今度はどうなりますかね？　先生、教えてくださいよ」

父ちゃんは答える。「戦争だよ、それしか道がない」

わたしは考えた、戦争って何のことだろう？

その人はわたしを長いこと肩車《かたぐるま》にして歩いてくれた。みんな、なんていい人たちなんだろう。村の人たちの顔は笑っている。ダッカから来た人たちは難儀《なんぎ》して歩いていた。父ちゃんはわたしを肩に、長いこと歩いた。わたしもたくさん歩いた。おじいちゃんもたくさん歩いた。母ちゃんもたくさん歩いた。一そうの小舟に乗って、ずいぶん遠くまで来た。そのあと、再び歩いた。途中、口にするものはショルボットだけ。

おじちゃんは手にラジオを持っていた。おじちゃんは突然叫び声を上げて言った、「独立だ、独立だ」

わたしは思った、独立って何だ？　みんながそのラジオを取り囲んだ。

父ちゃんは書いている、「その音はずいぶん遠くから流れてきているようだったが、かなり近いとも思った。―わたしはジア少佐[17]です、わたしはジア少佐《しょうさ》です―。

ジアが独立を宣言したのだ。何という驚きが稲妻《いなずま》のように体じゅうの血管を走りぬけたことだろう。まるで独立を手にしたかのようだった。

わたしは父ちゃんの肩越《かたご》しに尋ねた、「父ちゃん、独立って、何?」

父ちゃんは言った、「たいへん困難なことだよ」

「どんな格好してるの?」

「ほら、赤い太陽を見ただろう、あんなようさ」

あの日、はだしで歩き、赤い太陽を見た。また、しばらくの間、旗の中にある太陽を見ていた。その太陽のことを思い出した。

「父ちゃん、独立っていつ手に入るの?」

「それはだれにもわからない」

独立がいつ、手に入るのか、とても知りたかった。父ちゃんは何でもよく知っている。なのに、それがわからないなんて、なぜ?

抱いてもらったり、再び父ちゃんに手を引いてもらって歩いているうちに、わたしの体じゅう、痛くなった。母ちゃんはもう思うように足を運べなくなっている。父ちゃんもだ。歩いている人はみんなそうだ。午後になったが、みんな歩いていた。たくさんの人が歩いていた。多くの人が幹線道路から農道に下りて歩いていた。まるで家に向かっているようだった。朝のうちはあれほど村へ行くのがうれしかったのに、今はしおれてしまっていた。

母ちゃんは言った。「いつ、またダッカへ戻れるんでしょうね?」

父ちゃん、「今もまだ、完全にダッカを出られたとは言えない」

わたしの胸も不安でいっぱいになってきた。みんなが「ダッカはひどい、ひどい」と言っている。

わたしは内心思った。「鬼《おに》たちはダッカに来ているのだな」

やつらの足音、トラットラッ・ルラッルラッの音がする。鬼たちを恐れてわたしたちはダッカを逃げ出してきたのだ。いつ帰れるのか？　今までに聞いた鬼たちの出てくる話では、やつらは簡単には死なない。やがては死ぬが、そう簡単には死なないのだ。

怖くてわたしの胸は震えた。

夕暮れになってきた。すべてが眠りにつこうとしていた。木々が眠りにつこうとしているように思われた。

父ちゃんは言った。「ほら、うちの草ぶきの屋根が見えるよ」

木のすき間から、父ちゃんはわたしにとある家を示した。その家は、わたしと同じく眠りにつこうとしているように見えた。

今晩、わたしはその家に満ちあふれた眠りの中でとっぷり眠るだろう。

こちらは緑、あちらも緑

なんてすばらしく感じたことだろう、わたしの村！　こっちに緑、あっちに緑！　ここに池、あそこに池！　なんてすばらしい土地なんだろう！　池の縁に水がなんとやさしく打ち寄せていることか。たくさんの人がわたしたちに会いにきた。わたしたちもたくさんの家々を訪ねた。おじちゃんと父ちゃんは池に下りて魚をたくさん取ってきた。わたしは大喜びだった。が、わたしたちの家の前に大きな表道が通っているが、そこを人々がひっきりなしに通って、止まることがなかった。わたしたちがやって来た方から人ばかりが来る。人、人が。

ショルボットの小店のいくつかは引き揚げてしまった。ダッカから、その方面から来た人たちの表情は一様に恐怖に打ちのめされていた。その人たちから何かを聞き出そうとする人がいても、彼らはただ「とてもひどい」とうめき続ける。わたしは父ちゃんと一緒《いっしょ》に、朝から昼下がりまでその道の端に座って、「ひどい、ひどい」というのを聞いていた。聞いているうちにわたしはもう楽しめなくなった。以前のような父ちゃんの笑い顔も見られなくなった。

父ちゃんは書いている。「村は人でいっぱいになった。長いこと田舎に来なかったような人たちが河を渡ってやってくるのだ。ダッカから、ナラヤンゴンジの方から、ジェソールから、チッタゴンから来ている。ディナジプルから、コミラの方からも来ている。来る、来る、国じゅう、あらゆるところから。どこも皆ダッカと同じような状況になっているのだ。都市の人々は弾丸を受けて死に、引き連れられていき、そして火に焼かれてしまった。都市は今やいる所がない。みんな村に来ている。しかしいつまでここにとどまれるのだろう？　ここに軍が来ることはないのだろうか？　生きのびるにはお金が必要だ。かと言って、どこから手に入れるのだ？」

父ちゃんは書いている。「解放戦争が始まった。しかし解放にはまだかなりかかる。そんなに長いこと村に逃避《とうひ》しているわけにはいかない。村ももうこれ以上逃げ隠れる場所がない。村が今や解放戦争の中心となるだろう。この戦争でわたしは何をなすべきか？」

父ちゃんのところに来る人たちの目は輝いていた。彼らにはたくさんの希望があった。わたしは父ちゃんの側にいて聞いていた。彼らの希望に満ちた言葉を聞くのがとても好きだった。

ある人は言う。「軍の状況はかなり悪い。解放軍はたくさん殺した」

ある者、「二、三カ月で国は独立するだろう」

「ここでも解放軍を結成しよう」

父ちゃん、「しかしダッカをそんなに早く奪還《だっかん》できまい。あそこは軍のとりでだ」

みんな、「あそこからパキスタン軍を退却させるのに時間はかからないだろう」

父ちゃんは気になって、「どうやって？」

みんな口をそろえ、「戦闘」

父ちゃん、「しかし、戦闘ったって、今でもうまく運んでいる状況とは言えまい」

父ちゃんは書いている、「戦闘が広がるだろう、国じゅうに広がる、そのときこそ、勝利の始まりとわかるだろう。それ以前のものは皆単なる挑発にすぎない」

夜になるとすぐ、わたしたちはラジオを囲んで座った。みんなとともに、わたしも父ちゃんの側に座る。あちこちでパキスタンの軍が敗退していると聞いてわたしの胸は躍《おど》った。みんながわたしのように喜んでいた。

しかし、だれも知らなかった、いつ、わたしたちはダッカに戻れるのか。父ちゃんも知らない、母ちゃんも知らない。父ちゃんのところへ来る人たちも知らない。あたりを見わたしても村が以前のように緑に満ちているとは思えなくなった。よどんでいると感じるようになった。池の水も以前のようにきらきら輝いていない。わたしを見ても、もうみんな以前のように喜んで抱き上げようとしない。再び以前のダッカに戻りたくなった。

父ちゃんは言った、「ダッカでは軍にビハールの人たちが加わった。ベンガル人も多少加わったようだ」

母ちゃん、「ビハールの人なら加わるでしょう」

父ちゃん、「ミルプル、モハマドプル地区ではベンガル人を捕まえて殺した」

母ちゃん、「でも、ベンガル人も加わってるって聞いたけど」

父ちゃん、「うまく立ち回る人間はいるものさ。多くが検問所を作っている。彼らが今、軍に加わって、同じベンガル人を追いつめているのさ」

こうしたことを聞いていたわたしは、夜中怖い夢を見た。ダッカじゅう、鬼《おに》たちが徘徊《はいかい》しているように思えてきた。彼らはわたしたちの村にまで押しかけてくる。たくさんの大きなつめと歯がある。その恐ろしさにわたしは叫び、父ちゃん、母ちゃんにしがみついた。こっちの緑、あっちの緑が汚れてしまったように見えた。

鬼《おに》たちがやって来る

聞こえてくる言葉は、ミリタリー、ミリタリーばかり。

みんなが「ミリタリーが来る」と言っている。

わたしはミリタリーというものにいまだお目にかかっていない。ミリタリーという言葉を聞いてすぐ、鬼たちを思い浮かべた。わたしは鬼の話をたくさん聞いている。たくさんの鬼の夢を見た。大きな大きなつめ、大きな大きな歯。長い長い舌。軍が来たと聞いてすぐ、ダッカから鬼が来たと思ったものだ。軍は鬼だ。彼らはわたしたちが通ってきたその道を通ってやって来る。人々は逃げまどっている。父ちゃん、母ちゃんは逃げまどっている。しかし村からこんどはどこへ逃げよう。逃げようがない。うちの家の前の道を通って軍が来たように思えた。向こうの沼地《ぬまち》を抜けて軍が来ている。恐れのあまり、わたしの血が冷たくなっていくように思えた。

父ちゃんは言った、「ミリタリーは今、あちこちの村に入ってきている」

母ちゃん、「では、わたしたちはどこへ行けばいいの？」

父ちゃん、「行けるところはもうない」

母ちゃんは恐ろしさのあまり、震え上がったようだった。わたしも一緒《いっしょ》に震え上がった。

父ちゃんと一緒に昼下がり、わたしは家々を巡《めぐ》った。行けば、話は軍が来るということばかり。

道路を老人が一人、牛を引いて歩いていた。

その人は父ちゃんに尋ねた。「ミリタリーは来ますやろか？」

父ちゃん、「そのうち来るよ」

その人はすっかりおびえ上がった。そして、「じゃあ、どこへば行きゃいいんで、先生」

父ちゃん、「村にいなさいよ。どこも行けるところなんてないよ」

その人はおびえながら牛を引いて畑の方へ去っていった。わたしもおびえた。もしその軍が来たら？

もし今にも軍が来ることになったらどこへ逃げるんだ？

おじいちゃんはいつも軍のことを話していた。おばあちゃんときたら軍を見たこともない。なのにいつも軍のことを話していた。フォジラも軍の話をする。おばあちゃんのところで仕事をしていた娘さんときたら、ダッカのことは何も知らないのに、いつも軍のことを話していた。だれも軍を見たことがない。わたしも見たことがない。でも鬼《おに》は見ている。夢でたくさんの鬼を見る。いつも思った、鬼のような軍の一隊がわたしたちを捕まえにくる、あの土の道を通って。沼地《ぬまち》の向こう側にうす暗く村が見えるが、それがまるで隊を組んでやって来る軍のように思えた。この道に近づいてくる、池の方に、うちの村全体に向かって。わたしはその村の方を眺《なが》めていた。村が近づいてくるようだった。軍が近づいてくる。軍はどうやって来るのだろうか？　歩いて来るのか？　車で来るのか？　飛んで来るのか？　さっぱり見当がつかなかったのだ、わたしは。だからあたりにドゥプドゥプの音、トラットラッ・ルラッルラッの音を響かせながら軍が来ると勝手に想像していたのだ。

おじいちゃんたちもわたしのように思っていた。おばあちゃんたちもそう思っていた。父ちゃんと一緒《いっしょ》に行った家々の人たちも同じように思っていた。牛を連れて野原へ行く牛飼いたちもそんな思いだった。牛たちを連れた牛飼いたちが、楽しそうに歌を歌いながら野原に出ていったころとはようすが違うのがわかる。一方、うちの前の表道を通ってこっちに向かってくる人たちの数はいっこうに減る気配はなかった。人が来、さらにまた来る。前のように、ショルボットの店で休み、ショルボットを飲む人はいない。みんな徒歩でやって来た。木の下で休んでいた。池の水を飲んだ。そのあと、また歩いた。

ある日、父ちゃんのところに一人の友達が来て話しこんでいた。その人と会って、父ちゃんはとてもうれしそうだった。その父ちゃんの友達は、これまでにこの家を訪れたことはなかったが、この村の名前を知っていた。ボリシャルへ行くのだが、ここビクロンプルのラリカルに立ち寄ったという。

父ちゃんの友達は言った。「すべてが混乱している。今はラリカルを通ってボリシャルへ行くしかない」

父ちゃん、「そうか、それでここで出会ったんだな」

ともだち、「都市はひどい惨状《さんじょう》だ。村にも軍が入っている」

父ちゃん、「どうすればよい？」

父ちゃんのともだち、「わたしはあっちへ行こうと思っている。だから母さんに会いにいく」

父ちゃんと、父ちゃんの友達はずいぶん心配そうに見えた。わたしは気になり出した、あっちとは？　父ちゃんもあっちへ行ってしまったら？　わたしたちはどこに住むのだ？　やはりあっちに行くのか？　どのくらいの遠さなのだろう？　わたしは怖くなってきた。泣きたくなってきた。

わたしは母ちゃんに言った、「母ちゃん、父ちゃんはあっちへ行くの？」

母ちゃんは驚いた。恐ろしそうに聞いた、「そう言ってた？」

わたし、「ううん、でも、父ちゃんの友達があっちに行くって」

母ちゃんはすっかり怖くなったようだった。

わたしは知りたくなった、「母ちゃん、あっちって、どこ？」

母ちゃん、「インドよ。もう一つのバングラの国よ*18」

父ちゃんがあっちの国へ行ったら？　そしたらわたしたちはどうやって過ごすのか？　どこに住むのか？　父ちゃんと離れてどうやって暮らそう？　その国はどこだろう？　そこにどうやって行こう？　そこに軍はいないのか？　そこからいつ、戻ってくる？　わたしたちもそこへ行くのか？　父ちゃんは行くのか？　わたしは行くのか？　もう一つの国のこと、軍のことを考え、わたしは恐怖に捕らわれた。遠くに見える木の一本、一本がすべて軍に見えた。

父ちゃんにたずねた。「父ちゃん、ここに軍、来る？」

父ちゃんはわたしをひざに乗せて言った、「おまえはずいぶん怖がっているね？」

「うん」

父ちゃんはわたしを抱きしめて長いことあやし、言った。「怖がるな」

「父ちゃん怖くないの？」

父ちゃんはわたしの方を長いこと見つめていた。

毎日午後、父ちゃんのところに来る人たちがその日も来た。その顔に以前の笑いはなかった。

彼らは言った、「河を今日、ミリタリーの船が一そう、通っていった」

父ちゃん、「どっちへ行った？」

「西」の答え。

みんな不安に陥《おちい》った。そのときは夕方になっていた。軍がうちの家の前の表道を歩いてくる、近づいてくると思った。わたしは父ちゃんにしがみついた。

恐怖のもう一夜

その日の午後、村は恐ろしさにぶるぶる震えていた。向こうにある村の背後にポッダ河が流れているが、そこの大きなバザールから人々が集団でうちの村に向かってきた。みんな口々に、午後、河岸のバザールに軍が上陸したと言っている。この村に向かってくる。

表道を人々は走っていった。うちの村に潜んだ者もいた。たいていの人々はうちの村を通過していった。わたしたちがダッカから来たときのようなゆっくりした足取りではなく、みんな走っていた。軍が来た、軍が来た、河岸に、バザールに、と言いながら。それを聞いて、父ちゃんの表情もこわばった。おじいちゃんがうめいた「今さらどこへ行けばいいんだ、今さら！」母ちゃんはわたしをひざに乗せた。

父ちゃんはほかの多くの人と表道に出てみた。何が起こっているのか、事実を知るためだった。戻ってきて、ほんとうにバザールに軍が下船したと告げた。バザールの人たちは軍を見て、恐怖にかられ、逃げ出したらしい。その村の人たちは逃げた。向こうにあるバザールや村はからっぽになったそうな。うちの村が河岸からどのくらい離れているのか、わたしは知らない。ここから見えるあの表道が河のように感じられた。路辺の家がバザールに見えてきた。父ちゃんと話をしにたくさんの人が来た。みんなどうしよう、どこへ行こう、どこへ逃げよう、といった話ばかりだった。

父ちゃんはある人にたずねた、「あの村はヒンドゥがたくさんいるんじゃないか？」

ある人、「あの村のたいていがヒンドゥですよ」

父ちゃん、「今、どこにいるのかね？」

もう一人が言った、「村の中にいます」

父ちゃん、「逃げるよう知らせなければ」

ある人、「怖いのはムサルマン（イスラム教徒）も同じですよ」

父ちゃん、「みんな怖いさ。でもヒンドゥの人たちのほうがずっと怖がっている。だから知らせる必要がある」

一人が、「わたしが行きます」と言って、自分の自転車で走っていった。

夕方になった。村は明かりがまったくなくなった。うちの明かりもまったくなかった。夕方になる前に食事を済ませておいた。怖くてわたし同様、みんな震えていた。夕方になってすぐ、河岸の村からトラットラッ・ルラッルラッ、と音がした。巨大な火柱が見えた。その光でわたしたちの村全体が照らし出された。トラットラッ・ルラッルラッ。トラットラッ・ルラッルラッ。トラットラッ・ルラッルラッ。叫び声が流れてきた、河岸の村から。村のみんなは逃げ出して、うちのそばのジャングルの中へと避難《ひなん》した。

ジャングルへ行くには水を渡ってゆかねばならない。わたしはその遠くにあるジャングルをいつも見てきた。わたしは父ちゃんに横抱きにされていた。一そうの小舟に乗って、ジャングルにもぐりこんだ。みんなあちこちからジャングルに入ってきた。

ジャングルの中は人、そして人。わたしたちは一本の木の下にいた。恐怖のあまり、体は血のけを失っていた。河岸の村から光が差してきて、ジャングルに落ちた。トラットラッ・ルラッルラッの音がする。わたしたちはおたがいしっかりと、しがみついていた。父ちゃんはわたしをしっかり抱いていた。母ちゃんはわたしの手をにぎっていた。おじいちゃんもわたしの手をにぎっていた。音はいっこうにやまない。近くの村から叫び声が流れてくる。

だれもひとことも言わなかった。わたしの胸にはいっぱい言いたいことがあった。しかし、そのひとことも父ちゃんに言わなかった。母ちゃんもわたしにひとことも言わなかった。ただ音がすると、母ちゃんはわたしをさらに強く抱きしめた。わたしはしがみついていた。見えた。鬼《おに》たちが河岸の村に出てきた。その巨大なつめ。その大きな大きな歯。その目からは火が吹き出している。

村に火がつけられた。家々に。鬼たちは炎《ほのお》の舌をぺろぺろ出しながら空に向かって立っている。恐ろしさのあまり、わたしの目は閉じられてきた。鬼たちはわたしたちのいるジャングルにもやって来るのだろうか？　そのつめが父ちゃんの方に伸《の》びているように思えた。母ちゃんの方に伸びている。わたしの方に伸びている。わたしたちの村全体に向かって伸びている。

父ちゃんは書いている。「その村に一晩じゅう、軍は火を放っていた。弾を放っていた。たくさんの人を殺した。百人もいただろうか。逃げていなければ、もっとたくさんの人が殺されただろう。その大部分がヒンドゥだった。ムサルマンも何人か殺された。だが、彼らはヒンドゥの家々を焼き払うために来たのだった。正確な情報を持ってきていた。今、あちこちでそれが実行されている。ヒンドゥたちの家のほとんどが焼かれた。村は墓場のように焼き払われてしまった。その村はかつてあれほど美しかったのに」

父ちゃんは書いている、「隣の村は焼かれ、灰になってしまった。軍はわたしたちの村までは来なかった。しかし、これでもう来ないということはないはずだ。今、都市と村すべてが銃《じゅう》火《か》の支配下にある。村も今や危険でないとは言えなくなった。このままいつまでいられよう？　あっちへ行こうかと思いあぐねている。家族を置いていかねばならない。村に置いていくか？　ダッカか？　こうなったからには、村よりもダッカのほうがずっと危険ではなくなっている。残された道は戦争しかない。戦争に行かねばならぬ」

焼け崩れた都市へ

おじいちゃんは言った、「こうなったからには、またダッカへ戻ったほうがよい」

数日前、おじいちゃんはダッカへ旅立った。わたしたちの住まいに行ったのだ。わたしたちはその身を案じ、心を痛めつけられていた。二日間滞在《たいざい》すると言っていた。しかし戻ると言っていた日に戻ってこなかったので、みんな心痛のあまり涙にくれていた。ところがその次の日、おじいちゃんはダッカから戻ってきた。家に喜びの波が打ち寄せた。

おじいちゃんは言った、「街いっぱい、軍、軍だ」

母ちゃん、「みんな怖がってないの？」

おじいちゃん、「最悪の状態は何とか脱した。みんな軍の中を行き来している」

母ちゃん、「ではダッカへ帰れるのでしょうか？」

おじいちゃん、「確信は持てない。が、状況は前より良い」

父ちゃん、「ベンガル人は外に出てますかね？」

おじいちゃん、「いっぱい歩いているよ。でも注意深くね。街のあちこちに流言が飛び交《か》っている」

父ちゃん、「どんな流言？」

おじいちゃん、「解放軍の手でパキスタン軍たちがなぐられたとか」では再びダッカへ戻るのか？　しかし軍という言葉を聞いて、怖くなった。それでも、ある日、わたしたちは再びダッカへ戻ったのだ。今度は前のような徒歩ではなかった。かなりの距離を歩いてから小さな蒸気船に乗った。途中、ラザカール（パキスタン軍の協力者）たちがわたしたちの荷物を調べた。そのあと、バスに乗りこんだ。そのときも検問の人たちが来た。わたしたちの荷物を調べた。わたしたちはバスで無言のまま、再びあの村に来た。父ちゃんはその村の名をジンジラと記している。一晩泊《と》まったあの村だ。が、その村は以前のようではなかった。すっかり様変わりしていた。

河を渡るときに再び検問。河から岸に上がるときに検問。父ちゃんは、この人たちはラザカールだと言った。見たところわたしたちと変わらない。ベンガル語を話している。ではこの人たちはなぜ、軍側《ミリタリー》なのか？　この人たちがわたしたちの荷物を執拗《しつよう》に見るのはなぜなのか？父ちゃんは言った、「こいつらは極悪人《ごくあくにん》だ。軍とくっついた。どこの国にもこういった連中はいるものだ。自分の同胞《どうほう》の命を平気で取る」ラザカールたちに強い憎《にく》しみを感じた。

貧しげな道をリキシャに乗って家に戻った。あたりは一変していた。どこも静まり返っている。みんな怖くなっていた。しかし怖いからといって逃げることもできないというのがみんなの思いだった。以前はこんなではなかった。ダッカは焼けて様変わりしていた。

夕方にはダッカが別物になったことがよくわかった。父ちゃん、母ちゃんと一緒《いっしょ》にじっとしていた。戸や窓は閉めておいた。父ちゃんはラジオを何とか手に入れようとした。そんなとき、遠くで音がした。ドンッ。まわりは暗やみになった。

父ちゃんは言った、「ほら、聞こえるだろう」

母ちゃん、「何の音かしら、これは?」

父ちゃん、「わかるか、なんで暗くなったか?」

母ちゃん、「見当つかないわ」

父ちゃん、「解放軍がどこかの駅で爆弾を仕掛《しか》け、爆破させたんだ。それで暗いんだ」

話すとき、父ちゃんはとてもうれしそうに見えた。聞いて、わたしもうれしくなった。

父ちゃんは言った、「さあ、ダッカは変わったのだよ」

都市へ戻ってから、父ちゃんが新しい上着とシャツをあつらえたのがわかった。自分自身のものと、わたしのもの。この手の生地の上着を父ちゃんは今まで着たことがなかった。わたしも着たことがない。こんな縞々《しましま》、手紡《つむ》ぎの糸で作ったことが見てすぐわかる。服地の色に、目を見はった。

母ちゃんは驚いて言った、「あなたったら。コッドル[*19]のシャツやズボンを作ったのね」

父ちゃんは言った、「今はみんながこの手の服を着ている」

そのシャツを着せてもらうときに、何かのにおいがした。

父ちゃんは言う、「いいかね、ダッカは変わった。昼間、ここの服装は変わってしまった。夜、ここでの仕事は変わってしまった」

夜になると、わたしたちはいつ爆発が起こるかと耳をそばだてて過ごした。爆発しない間はおもしろくなかった。ちっともおもしろくなかった。遠くで爆弾の破裂《はれつ》音がすると、突然光が消える。そのとき、何にもまして快感を覚えた。遠くで軍の車の音が聞こえた。その車の上にだれかが爆弾を投げてくれたら！

壊れた太陽

ある日、父ちゃんはわたしを連れ、市街を見に出かけた。例の色柄の服をわたしたちは着た。家から出て、ずいぶん歩いてからリキシャに乗った。以前なら、うちのすぐそばでリキシャが人待ちをしていたのに、今はまったく見当たらない。往来するリキシャもほんとに少ない。人もめっきり減った。

わたしたちのリキシャのすぐわきを、軍の車が一台、行った。わたしはそれまで軍を見たことがない。今、初めて見た。父ちゃんはわたしにそっと言った、「ミリタリーの車だ」「これがミリタリー?」それはわたしの鬼《おに》たちよりも好きになれなかった。鬼たちはこんな目で見ない。こんなふうに銃口《じゅうこう》を高くして見ない。パキスタン軍は鬼たちより悪い。

わたしたちのリキシャはどこを通ったのか? わたしは知らなかった。しんと静まり返っている。人はいない。父ちゃんは言った、「ユニヴァシティ(ダッカ大学)」。わたしは口ずさんだ、ユニヴァシティ、ユニヴァシティ、ユニヴァシティ。ここで父ちゃんは学んだのだ。父ちゃんは言った、ここでたくさんの人を殺したんだ、軍の連中は。

以前、むこう側に学生がいた。今はいない。たくさんの人を殺してしまった、軍の連中は。

わたしはおばさんの家に行った。父ちゃんと一緒《いっしょ》にある日の午後、天女たちのところへ行ったっけ。あのとき、この街はこうではなかった。今はまったく別物だ。なんて人が少ないのか。車がなんて少ないいんだろう。リキシャの少ないこと。人がなんて少ないいんだ。車がなんて少ない。

父ちゃんは言った、「あそこに一本の大きな菩提樹《ぼだいじゅ》の木があった。今、その木はない。学生たちはその木の下で集会をしていた。それで軍はその木を切ってしまったのだ」

父ちゃんは言う、「ここにお寺があった。そこでヒンドゥたちは礼拝をしていた。そのお寺は壊されてしまった」

さらに、「ここにスラムがあった。今はない。貧しい人たちがここにいた。その人たちは殺されてしまった。軍に」

スラムが消えた。人が消えた。また一台、軍の車が来た。

また一台、軍の車が来た。わたしたちのリキシャは進む。また一台、軍の車が来た。わたしたちのリキシャは進む。また一台、軍の車が来た。わたしたちのリキシャは進む。また一台、軍の車が来た。わたしたちのリキシャは進む。また一台、軍の車が来た。わたしたちのリキシャは進む。また一台、軍の車が来た。わたしたちのリキシャは進む。

あのときの場所にわたしたちは来た。そう、あの明け方。あの数千の人たちと一緒《いっしょ》の明け方。はだしで。なんて悲しげな歌が奏《かな》でられていたのだろう、あの日。どれだけたくさんの花があったか。どれだけたくさんの花束があったか。

ここに赤い太陽が一つ輝いていた。その足元にわたしは花を置いた。父ちゃんが花束を置いた。そして、みんなして置いた、たくさんの種類の花を。今、その太陽はどこに？　あの花々はどこ？　あのミナールはどこ？　壊れて土の上に丸められている。こんなふうに壊され、丸められたのか？　太陽のミナールは。あの花々に埋もれていたミナール。忘れることなどあろうか？　忘れられようか？　わたしの兄弟の血で染められたことを。こんな風にミナールは壊されていたのか？　わたしたちはリキシャからその方向を見つめていた。通りすがりの者はちょっと見て目をそらした。じっと見ていると、泣けてくる。

わたしたちのそばをもう一台のリキシャが走っていった。そのリキシャに乗った人が突然、わたしたちのほうを見て、歌い出した。「わたしの黄金のベンガル、わたしはあなたを愛します」

父ちゃんははっとし、震えた。長いこと聞いていなかった、あの歌。わたしも震え上がったかもしれない。「わたしの黄金のベンガル」、その人の歌は周囲を戦慄《せんりつ》させた。ぶるぶると震え上がったのだ、軍の街が。

きりっとした顔、顔

集団ではなく、一人ずつ、彼らはわたしたちの家に来た。なんてきりっとしていたんだろう。来れば、わたしをかわいがった。そのあいさつに母ちゃんは感心した。父ちゃんにあいさつをした。

以前、だれかが来ると、父ちゃんは居間に案内した。お茶が出、ビスケットが出た。世間話、談笑《だんしょう》をし、わたしをずいぶんかわいがってくれた。

今回ダッカに戻ってからは、こうした談笑はもうない。居間に座って長話をすることはない。来れば、父ちゃんはその人たちを寝室に連れていった。そこでひそひそと話をしていた。すべてが変わってしまった。ひそひそ話をするような時勢になってしまったのだ。そして時々窓越しにのぞく。

余計な話に時間をかけることもなくなった。来れば、父ちゃんとひそひそ、なにやらみんなで話していた。立ち去った。またどれかが来た。ひそひそ話。去っていった。それこそ毎日来ていた。父ちゃんは朝、外出した。昼、家に帰ってだまって過ごした。午後、またどれか来た。父ちゃんは夕方、外出する。夜、少しして帰ってきた。わたしが寝ついたころだ。父ちゃんが以前、こんなに遅くなることはなかった。父ちゃんも変わってしまった。時々、窓越しにうかがっている。以前ならのぞき見するなんてことはなかったのに。

父ちゃんはわたしに言った。「いいかね、国は戦争に入った」

わたし、「戦争って、何？　父ちゃん」

「殺し合いさ」

軍と戦争をしているのだ、父ちゃんたちは。おじちゃんたちは。わたしは怖くなった。軍って見たところ、鬼《おに》よりもひどい。父ちゃんやおじちゃんたちは見るからにりっぱだ。こんなにひどいやつらとりっぱな人たちが戦争をするのか？　こんなにひどいやつらとりっぱな人たちが戦うのか？　こんなにりっぱな人たちとひどいやつらが？

父ちゃんはわたしを時々、きつく抱きしめたままでいた。キスをした。長いことあやしていた。以前、父ちゃんはよく話をした。今、話は減った。父ちゃんはただわたしを抱きしめるのを好んだ。わたしも目を閉じて父ちゃんに抱きしめられたままでいた。

母ちゃんが話すこともめっきり減った。母ちゃんは再び朝、天女になって外出し始めた。しかし、父ちゃんに定まった時間はなかった。父ちゃんは今まではずっと黙っていることなんてなかった。わたしをひざに乗せて、上げたり下げたりするのをおもしろがったものだ。今はそうすることはなくなった。

ある午後、父ちゃんは言った、「今晩、わたしは家に帰らないからね。おまえはきちんと食事して寝なさい」

父ちゃんは外泊《がいはく》などしたことがない。なぜ、今日、外泊するのか？

母ちゃんは言った、「あとで話すからね」母ちゃんはいまだに話してくれない。母ちゃんになんて言ったのか？　わたしの母ちゃんになんて言ったのだろうか？

その夜、父ちゃんは家に帰らなかった。

ところが深夜、コラ[*20]の音がした。わたしは母ちゃんにしがみついて横たわっていた。父ちゃんのことを考え続けて寝つかれなかった。父ちゃんは今、どこに？　なぜ帰らなかったのだろう？　母ちゃんは飛び起きた。わたしも。

おじいちゃんも起き上がった。何人か外で激しく揺すってコラが音をたてているようだった。棒で戸をたたいている。

おじいちゃんは外にだれがいるのかたずねた。その人たちは言った、「軍《ミリタリー》」父ちゃんを捜《さが》しにきたのだ。母ちゃんは倒れかけた。わたしはぶるぶる震えた。しがみついた、母ちゃんに、そしておじいちゃんに。外の人たちは棒で戸をたたき続けた。おじいちゃんが戸を開けた。軍人たちがわたしの家に入ってきた。入ると、父ちゃんを見つけ出そうとあらゆるところを探索した。父ちゃんがどこにいるのか知りたがった。おじいちゃんは言った、「田舎へ行きました、ばあさんを連れに」軍とその同行者たちは疑わしげにじっと見つめていた。恐ろしくて体はぶるぶる震えていた。何度も心の中で言った。「父ちゃん、今晩、家にいなくてよかった。父ちゃん、今晩、いなくてほんとうによかったね。でも、父ちゃん、今、どこにいるの？」

軍人たちは去った。母ちゃんはわたしと居間に座っていた。母ちゃんは眠れなかった。わたしも眠れなかった。外で軍の車の音。父ちゃんはどうしてあの夜、家にいなかったのだろう？

軍が来ることを知ってなのか？　軍は父ちゃんを連れにきたのか？　またいつか、戻ってくるのだろうか？　わたしの父ちゃんを、なぜ、連れていこうとしたのか？

昼になって父ちゃんが戻ってきた。父ちゃんを見て、うれしさがこみ上げてきた。母ちゃんもとても喜んだ。わたしを長いこと抱きしめていた。長いこと、わたしの顔を見つめていた。髪をなでた。

母ちゃんと何か話していた。そしてわたしに言った。「おまえはよく寝、よくお食べ、いつもね」

わたし、「うん」

父ちゃん、「わたしはしばらくの間、帰らない」

わたしは父ちゃんにしがみついた。父ちゃんはその昼、すぐに出ていった。戸口の外に出て、わたしたちは下まで下りた。母ちゃんは泣いていた。わたしは泣いていた。おじいちゃんは下に下りることすらできなかった。父ちゃんはわたしを母ちゃんのひざに渡し、ゆっくりと歩いて角の壁を曲がった。曲がる前にわたしの方を見つめ、手を振《ふ》って笑った。父ちゃんの笑いは周囲に広がって、泣いているようにゆらゆら揺れ出した、わたしの目の中で。

あなたはどこに、父ちゃん？

父ちゃんの笑いが周囲にあふれ出した。どっちの方向を眺《なが》めても、父ちゃんの笑いが見える。あふれている。しかし父ちゃんは見えない。父ちゃんはもううちにはいない。父ちゃんが家から外へ出ていくときに、わたしを戸口まで抱いてくれることはもうない。父ちゃんが戻ってきてわたしをひざに乗せてくれることはもうない。ひざに飛び乗れる父ちゃんはいない。わたしを肩《かた》に乗せてくれる父ちゃんはもういない。心の内で叫ぶ、「父ちゃん、父ちゃん。帰ってきて。いないなんて我慢できないんだ」

わたしはもう寝たくなかった。父ちゃんがいないから。わたしはもう食欲がわかなかった。父ちゃんがわたしをかわいがってくれないから。わたしは眠りから覚めたくない。父ちゃんがわたしの側で寝かしつけてくれないから。わたしはベランダに出て立っているだけ。カーテンを上げ、窓からようすをのぞいてみたいと思うだけ。

戸口でコラの音がすると、わたしは飛び起きる。走っていって戸口に立つ。ご飯を食べたくない、父ちゃんがいないから。牛乳を飲むと吐《は》きけがする、父ちゃんがいないから。上着を着たくない、父ちゃんがいないから。父ちゃん、どこへ行ってしまったの？　父ちゃん、どこにいる？　父ちゃん、今、朝はいつごろ起きているの？　父ちゃん、どこで寝ているの？　父ちゃん、ずっとわたしのところに帰ってこないのはなぜ？

父ちゃん、もうわたしを抱いて、イディオットと呼ばないのは、なぜ？　わたしはあの天女のことを思い出す。一緒《いっしょ》にまた天女のところへ行きたい。天女と一緒、父ちゃんと一緒に青い魚を見たいと思っている。父ちゃんの手を取って、歩き回ってみたい。あの泣いているような歌、あれを歌いたい。明け方にお花を手に、歩いていってみたい、太陽に向かって。その下に置いてみたい、赤い、赤い花を。父ちゃん、あなたはどこにいるの？　父ちゃん、あなたが来ないのはなぜ？　父ちゃん、あなたはたくさん食べるようにと言って去った。わたしは食べようという気が起きない。父ちゃん、あなたはよく寝るようにと言って去った。わたしは眠れない。

父ちゃんに会いたいとわたしは強く願っている。父ちゃんに会いたいと願っている。父ちゃんに会いたいと強く願っている、わたしは。父ちゃんに会いたいと強く願っている。父ちゃんが思い浮かぶ、わたしの父ちゃんが思い浮かぶ。父ちゃんが思い浮かぶ、わたしの父ちゃんが思い浮かぶ。父ちゃんに会いたいとわたしは願っている。父ちゃんに会いたいと願っている。

父ちゃん、あなたはどこにいる？　父ちゃん、わたしの父ちゃん？　すぐにやって来て、父ちゃん。すぐに来て。わたしは眠れない、母ちゃんは眠れない。わたしは食欲がない、母ちゃんは食欲がない。わたしは沈黙したままでいる、母ちゃんは沈黙したままでいる。うちは沈黙したままだ。うちの寝台は沈黙している。父ちゃんの本は皆沈黙している。あなたを思ってわたしたちだれも眠れないんだ、父ちゃん。

母ちゃんとわたし

母ちゃんもわたしと同じだ。しょっちゅう、ベランダにたたずんでいる。窓からのぞき見している。ドアのコラが音をたてると飛び起きる。わたしも母ちゃんと同じだ。しょっちゅう、ベランダにたたずんでいる。窓からのぞき見している。コラが音をたてると飛び起きる。おじいちゃんも同じだ。しょっちゅう、ベランダにたたずんでいる。窓からのぞき見し、コラの音に急いで起きる。母ちゃんもわたしと同じ。横たわるが眠ることができない。

わたしは言う、「母ちゃん、父ちゃんはいつ来るの?」

母ちゃんは沈黙している。しばらくしてから、言う、「帰ってくる」

わたしはただ、「いつ来るの?」

母ちゃんは沈黙している。しばらくしてから、言う、「帰ってくる」

わたし、「父ちゃん、どこへ行ったの」

母ちゃん、「戦争。だれにも言うんじゃない」

母ちゃんはまた沈黙している。夜、爆弾が破裂《はれつ》するとわたしはとても愉快《ゆかい》だった。わたしは父ちゃんがあの爆弾を仕掛《しか》けたんだと思った。きりっとした顔のおじちゃんたちが爆弾を仕掛けたんだ。鬼《おに》たちは爆死する。軍のやつら、やつらは車の音を立てて大通りを行く。やつらはうちに父ちゃんを捕まえにくる。やつらは太陽を壊した。父ちゃんはその鬼《おに》たちを征伐《せいばつ》してまた戻ってくるはずだ。

しかし、たくさんの日がたったのに、父ちゃんは戻ってこない。わたしが父ちゃんを思って起きていた夜は数えきれない。父ちゃんは戻ってこなかった。父ちゃん、いつ、来るの？　いつ、父ちゃんやおじちゃんたちは鬼たちを征伐し終えるの？　あとどれだけ父ちゃんを待って窓からのぞき見するの？　どれだけベランダにたたずんでいるのか？　どれだけの夜、起きているることになるのだろう、爆発の音を聞こうとして。父ちゃん、いつ来るの？

父ちゃんは来なかった。ある日、おじちゃんの一人が来た。わたしはどんなにうれしかったことだろう。父ちゃんのことをたくさん話してくれた。ひそひそと。わたしを抱きしめた。わたしはまだ字が読めなかったが、父ちゃんはわたしあての手紙を一通託《たく》したのだ。父ちゃんがわたしあてに書いたたった一通の手紙。とても大きな字で書かれてあった——

父ちゃんだよ、

元気かい？　ちゃんと食べて、寝ているかい？　歯を磨いているね？　母さんの言うことを聞いてるね？　わたしはとても元気にしているよ。早いうちに帰ってくる。帰るまでそう長くはかからない。また、わたしたちは太陽を見るだろう。わたしからのいっぱいの愛を。

父ちゃんより

七一年十一月十四日

いったい幾度、この手紙を母ちゃんに読んでもらったことか。わたしのたった一通の手紙。わたしの胸の内に愛撫《あいぶ》のようにしみ通ったこの手紙。

日夜、コラの音

そのあと、ある日、空に飛行機が来た。[*21] 空中でたくさんの飛行機の飛びっこかと思ったほど。なんてきれいなんだろう、真っ白に輝く飛行機！　たくさんの飛行機が来た。街じゅうに轟音《ごうおん》が響いた。大通りに軍の車の音が響き渡った。ベランダからわたしはたくさんの飛行機を見た。さらに飛行機が来て、タッシュ、タッシュの音が空に満ちた。母ちゃんは言った、「戦争がはじまったよ」

そのうち鬼《おに》たちがやっつけられる。たくさんの爆弾の音が聞こえた、ひねもす、夜もすがら。わたしは耳をそばだてて、そのすべての音を聞いていた。そして思った。一つ一つの音とともに、一歩一歩、父ちゃんが近づいてくる、わたしたちの家の方へ。わたしは見ることだってできたのだ、父ちゃんが来るのを。

父ちゃんは笑いながら近づいてくる。父ちゃんが来るのにもう日はかからない。

みんなどれほど大喜びしたことか。ずいぶん待ったかいがあったと、みんな大喜びした。わたしたちの家のラジオをみんなが取り囲んでいた。わたしにはただ、父ちゃんが近づいてくるのが見えるだけ。どんな服装で来るのだろう？　髪はずいぶん長くなっているだろうな？　手にぴかぴかのライフル、あるよね？　わたしには見える、父ちゃんはあのきりっとしたおじちゃんたちと一緒《いっしょ》に、村道を抜け、徒歩で都市に入ってくる。そのとき、空に一機、飛行機が来た。その飛行機はお魚のようだった。わたしは気に入った。

ある日、通りは喜びに満ちた。軍の車の音がしない。ただ、バングラに勝利を、バングラに勝利をの声が聞こえた。みんな言った、バングラに勝利を。母ちゃんはうれしく思った。もしやと思えた。再び周囲から聞こえてきた、バングラに勝利を、バングラに勝利を。父ちゃんの帰ってくる日になったのだ。今、父ちゃんは来る。あの緑の旗の中に赤い太陽が見える。まわりに緑の中の赤が揺れている。通りに揺れている。うちの屋上に揺れている。隣りの屋上に揺れている。周囲に揺れている。父ちゃんが来る。わたしは父ちゃんの方を見つめる。父ちゃんが来る。独立の到来、父ちゃんが帰ってこないなんてことはありえない。

うちの戸口のコラが揺れ出す。何度もコラが揺れ出す。父ちゃんが来たんだ。わたしが家にいると、コラが揺れて音がしたような気がする。走って戸口に行く。だれもいない。母ちゃんはコラの音をたしかに聞いた。母ちゃんは急いで立ち上がり、ドアを開ける。だれもいない。戻ってもすぐまた音がしているような気がする。行くと、だれもいない。母ちゃんはまたコラの揺れる音を聞く。行くと、だれもいない。うちの四方でだれかがコラを揺らしているようだ。夜中、コラの音がする。

コラの揺れる音に、母ちゃんも僕も長いことじっとしていられなかった。長い月々。父ちゃんがコラを揺らしているのだと思えてならない。わたしを名指して呼んでいる。わたしにははっきり聞こえる。行って見ると、だれもいない。ただコラを揺らす音がする。朝から、昼から、夕方から、夜中、音がする。父ちゃんの手で揺らすコラの音だ。行って見ると、だれもいない。

わたしは叫び声を上げて言う、「母ちゃん、こんなに戸口でコラを揺らしている音がするのに、父ちゃんが来ないのは、なぜ？」

母ちゃんは泣き出す、「これからずっと、音がする、でもおまえの父さんはもう帰ってこないよ」

わたしは叫び声を上げる、「父ちゃん、父ちゃん」

……

父ちゃんが思い浮かぶ。父ちゃんが思い浮かばない。

訳注　本文中（　）内も訳者による。

【1】**リキシャ…**　リキシャは前に自転車をつけて引く人力車。乗る前にリキシャ引きと値段を交渉《こうしょう》する。

【2】**ものものしい日**　主人公は一九六八年八月に生まれたが、当時は独立前夜とも言うべき政治ストライキが多発していた。

【3】**怪物《かいぶつ》…小者**　当時のパキスタンは軍事政権下にあり、東パキスタンにも西パキスタン軍が駐屯《ちゅうとん》していた。彼らはベンガル人より体格がよいばかりか、外国から近代兵器の援助を受け、現地ではモンスター、ミリタリーと呼ばれ、東パキスタン軍とは異質のものと見なされている。その下にベンガル人の軍人、民間人などが従属していた。

【4】**わたしの兄弟の血に…**　アブドゥル・ガッファル・チョゥドゥリの詩に曲をつけた歌。パキスタンが建国されてのち、ウルドゥー語をパキスタンの唯一の公用語にしようという動きに対し、東パキスタンではベンガル語を州の国語にする運動が起きるが、一九五二年二月二十一日に至って、学生と警官隊、軍隊の衝突《しょうとつ》で多数の死傷者が出た。一九九九年、ユネスコがこの日を「世界母語の日」と定めた。

【5】**仕組まれた名**　パキスタン〔清浄《せいじょう》なる国〕の名は、Pがパンジャブ、Aが北西辺境州（旧アフガニスタンの一部）、Kがカシュミール、Sがスィンド、TANがバローチスタンを表すように、その名にベンガルは含まれていなかった。

【6】**パキスタンの支配者…**　一九七〇年十二月から実施されたパキスタンで初めての普通成人選挙では、東パキスタンの人口が西パキスタンより多かったため、ムジブル・ラフマンの率いるアワミ連盟がパキスタンの第一党となった。そこでヤヒヤ・ハーン大統領はムジブル・ラフマンが首相になる可能性も出てきたことを示唆《しさ》した。しかし選挙後、国会はいつまでも招集されなかった。

【7】**コーム**　コミュニティを表すアラビア語に由来する言葉。コームは英領インドで一九世紀半ばから、地縁、血縁を越えたイスラム教徒の集団意識を表す理念として使われるようになった。しかし現実には地

縁、血縁意識がかなり強いため、理念と現実がしばしば衝突《しょうとつ》する。

【8】**五万六千平方マイル**　約一四・四万平方キロメートル。現在の国旗にこの国土の形はない。

【9】**ダンモンディ32番通り**　ムジブル・ラフマンの自宅があったところ。彼は一九六〇年代よりここを拠点にして活動した。独立後の一九七五年にここで殺害されており、現在は記念館になっている。シエイク・ハシナ前首相はその娘。

【10】**テジガオン**　テジガオンには当時、パキスタン軍の兵舎、司令部があり、西パキスタンからの軍が駐留していた。

【11】**わたしの黄金のベンガル…**　詩人ラビンドラナート・タゴールの作。一九三一年に出版された歌集『ギートビタン』の「祖国」の第一編。

【12】**会談**　三月十五日からヤヒヤ・ハーン大統領はダッカでアワミ連盟の指導者たちと話し合いを始め、二十一日からはパキスタン人民党のズルフィカール・アリ・ブットも加わって二十四日まで話し合いが続けられた。

【13】**ベンガル人の血…**　三月初めに、強行派のティッカ・ハーン将軍が東パキスタン州知事兼戒厳令《かいげんれい》司令官になった。彼は西パキスタンでもバローチスタンの州自治権拡大運動を圧殺したことで知られる。この時点で軍事介入の用意があったと見られている。

【14】**鬼《おに》たち**　本文の言葉の意味は想像上の悪魔《あくま》、巨人だが、心理的には日本でいう鬼に近い。来る三月二十五日までに西パキスタンから六万人の将兵が送りこまれ、軍事行動の準備が整えられつつあった。

【15】**ビアフラの内戦**　一九六〇年に独立したナイジェリア内で六七年に分離独立の宣言をしたビアフラは連《れん》邦《ぽう》政府軍に鎮圧《ちんあつ》されたが、その際、二〇〇万人に上る戦死、餓死者《がししゃ》が出るという惨状《さんじょう》になった。

【16】**ジョフルル寮《りょう》**　ジョフルル・ホクは軍曹《ぐんそう》の名。以前はパキスタンの建国詩人ムハンマド・イクバールの名を冠《かん》してイクバル寮と呼ばれていた。

【17】**ジア少佐《しょうさ》**　ジアウル・ラフマン（一九三六―八一）　第八東ベンガル連隊配属中、内戦になり、ムジブル・ラフマンの支持とバングラデシュ独立を宣言した。独立戦争中は頭文字を取ったZ部隊を編成。一九七七年、大統領に就任。一九八一年に殺害され、のちに夫人のカレダ・ジアが首相になった。

【18】**もう一つのバングラの国**　インドの西ベンガル州を指す。インド・パキスタンが分離・独立する前は同じベンガル州だった。このころには、国境付近でゲリラに参加する青年の訓練所が作られていた。

【19】**コッドル**　屑綿《くずわた》を手回しの糸車で紡《つむ》いで手織りで作った粗布《あらぬの》。こうした手織りの布コッドルあるいはカーディは、インド独立時にマハトマ・ガンジーがイギリスの工業製品に対抗して自ら糸車を回し、国産愛用、独立の象徴としたために、ナショナリズムの高揚、独立精神に結び付けられた。

【20】**コラの…**　両開きの戸にそれぞれ錠《じょう》をかけるための鉄の輪が付いている。内側から錠がかけてあるとき、外から揺すると外側の輪が戸に当たって音をたてる。

【21】**飛行機が来た**　十二月三日、第三次インド・パキスタン戦争に突入したことにより、ダッカ上空にもインド機が飛来した。

作品と作者について

本書は言語学者であり、気鋭の作家でもあるフマユン・アザド（Humayun Azad）博士の二つの作品からなっている。（原文はベンガル語）

『花の香りで眠れない（Phuler gandne ghum āse nā）』は、副題に自伝とあるように、作者が九歳から十五歳（一九五六年から六二年）までのふるさと、現在のムンシゴンジ県スリノゴル郡ラリカルでの生活について書いたもので、それを一九八三年前後に回想している形になっている。当時東ベンガルが生んだ科学者J・C・ボースの名を冠《かん》したサー・J・C・ボース・インスティチューションで勉学していたが、そのころの出来事を中心に自分の子モウリに語るという、冒頭は児童文学の定式を踏《ふ》んでいる。が、このあとモウリは登場せず、都会に住むゆううつな作者がしばしば姿をみせ、二十余年という時の隔たり、作者が今住んでいる都会とふるさとのラリカルの間をしばしば浮遊する。

こうした作者の心的状況を象徴しているのが、糸の切れた風船であり、作者はしばしばそれを月と見まがい、また月を風船と見まがう。糸が切れた風船は、故郷から遊離し、都市で疎外感を持つ作者の自我ということか。「ベンガルの都市住民は、ほとんどが田舎からの移住者である。田舎の家が家（バリ）であって、都市の家はたとえどんなに豪邸《ごうてい》であっても巣（バァシャ）と呼ばれ、本来の家とは見なされなかった。そこで、都市の住民には田舎への郷愁《きょうしゅう》があり、それが屋上に野原を回復させる原動力になる。」（臼田雅之「屋上で夢見る子ども…文学の原点としての屋上」『遡河』11号）とあるとおり、作者は都市の家の屋上かベランダで、月を見つめ、作者にとってのふるさとの原風景の上にかかっていた月と重ねあわせようとしているのであろう。作者のふるさとの風景はバングラデシュ独立後、大きく変わってしまったのである。
　こうした喪失の背景には、独立という政治的激動のみならず、この地の稲作《いなさく》の変化、それに伴《ともな》う生活文化、景観の変化があった。

ベンガルには近代詩成立以前にヒンドゥ教徒やイスラム教徒の村人を対象に行者や専門の歌手によって歌われた宗教歌、物語性のある民衆詩があった。
例えばバウルと呼ばれる行者ラロンの歌、

月が月に囲まれている。
ああ、どうやってその月をつかむのか、おまえたちは、
　何十万もの月が照り映える
そのただ中に「捉《とら》えられぬ月」の輝き、
おお、その月の市場を見ると目まいがする、…
（大西正幸訳「ラロン・フォキル修行歌選」『コッラニ』11号）

などに見られる「捉えられぬ月」の輝きは作者の月と共通する。こうした歌によって村人の宇宙観が形成され、自分たちの村やその周辺の成り立ちを知った。また農耕やそれに関連する儀礼《ぎれい》を秩序《ちつじょ》をも

って行えるように、十二か月の農耕にまつわる儀礼や生活を歌いこんだ十二か月の歌（バロマーシ）があるが、東ベンガルでよく歌われていた十二か月の歌の一つに、

「ほら、快いカルティック月（十月中旬―十一月中旬）だよ
シャンティ、おまえはアモン稲《いね》の新米で作ったキール（濃《こ》いミルクがゆ）のようだ
シャンティ、おまえの若さにわたしの心は落ちつかないのさ」
（東ベンガルの歌謡《かよう》「シャンティ」拙訳『遡河』12号）

と歌われているように、アモン稲の新米に糖みつなどを加えて作った秋祭に欠かせない新米料理は、秋に収穫《しゅうかく》される在来種のアモン稲がこの地の生活文化の根幹をなしていたことを示す。作者の育ったラリカルからバッゴクル（バギャクル）周辺、ビクロンプルと呼ばれた地域はザミンダールの屋敷《やしき》で作られていたお菓子に由来する甘いお菓子《ミスティ》で知られている。そうした伝統に加え、『花の香りで眠れない』『父ちゃんの思い出』から、作者がこの地でのボロ稲の耕作に強い誇《ほこ》り、その味覚への情緒《じょうちょ》的愛着をもち、その景観が作者の詩的世界を作り出していたことがわかる。乾季に低地で耕作されるボロ稲は、雨季の洪水の影響を受けやすいアモン稲を補完するものとして一九二〇年代ころから栽培《さいばい》面積を増したといわれるが、それは低地のイスラム教徒の地位を高めたであろう。作者の家もアリアル低湿地で散播《さんぱ》アモン稲やボロ稲を栽培するほか、ジュート、野菜を作るなど農業の多角的経営をし、中間層に成長した家で、パキスタン時代は比較《ひかく》的優遇を受けた階層と言える。

パキスタン時代には耕地には水文環境に応じてアモン稲や豆、カラシナなどの畑作物、ボロ稲と、年間を通して多様性に富んだ田園風景が広がり、水路が巡《めぐ》らされ、人々は池の保全に気を配り、河の

魚の動静によって作物のでき具合や、疫病《えきびょう》の予兆を得たりしていた。もちろん人力に頼った小規模灌《かん》漑《がい》によって行うボロ稲の栽培は前近代的な労働慣行を温存するうえ、最近の高収量ボロ稲に比較すれば格段に収穫量《しゅうかく》は劣り、作品にあるように、慢性的な米の不足があったが、これは収穫の問題のみならず、商品としての米の偏在《へんざい》という政治的問題もあったであろう。東西パキスタンは一九七一年に分《ぶん》裂《れつ》し、新生バングラデシュでは食料自給が至上のものとなった。こうしたなかで、一九七五年までに上流のインド側ではガンジス河の国境付近にファラッカ堰《せき》が築かれ、この周辺は、雨季には洪水、乾季には水不足が深刻になり、麗《うるわ》しのベンガルと呼ばれた村の景観は、作者がふるさとを後にしてから一変した。ポッダ河の泥水《どろみず》によって肥沃《ひよく》になっていたこの地での従来のようなボロ稲《いね》が栽培されなくなったのである。

最後の章で、二十一年後、作者はふたたびラリカルに足を向ける。今までの空間の隔たりを埋めるかのように、全文ラリカル方言で書かれているこの章は、誤解をさけるため、より口語的に訳すにとどめたが、瀕死《ひんし》のラリカルへの悲痛な呼びかけによって、作者にとってのふるさとの原風景の喪失《そうしつ》がひしひしと伝わってくる。

初版一九八五年（Shishu Academy, Dhaka）を使用し、改訂《かいてい》版一九九五年（Agami Prakashani, Dhaka）を参照した。

『父ちゃんの思い出（Ābbuke mane paṛe）』を書いた動機についてたずねると、作者アザド博士は自分の父親がなぜ死んだのか知らない多くの子どもたちのためにこれを書いたと答えられた。フィクシヨンであるが、独立戦争当時のダッカと故郷ラリカルのようす、当時の知識人の葛藤《かっとう》を伝えるべく、父ちゃんの日記を交えて書く工夫をこらしている。これを訳すのは、いささか気の重い仕事であったが、『花の香りで眠れない』に見る原風景の喪失を理解するうえからも、姉妹編として訳出した。

独立以来、独立戦争、知識人の大量虐殺《ぎゃくさつ》は文学の主要なテーマであり続けているが、客観性を欠くものもあり、三十数年たった今では風化しつつある事実も否《いな》めない。

ところで、この作品は、戦争のテーマのほかに、新しい父親像を提示している。あとにも触れるように、少年時代、当時家父長制の強かったふるさとで、父との葛藤を経たのち、首都や外国での勉学の経験もふまえて書かれた「ちょっと変わった父ちゃん」とその子の関係に、作者の父子関係への思いが映し出されている。最近のバングラデシュでは急速な経済発展、都市化により、家長の力もかつてほど強くはなくなりつつあるが、当時はまだこうした父親像は新鮮《しんせん》だったろう。彼の作品には愛する子どもたちの名が記されている。

初版一九八九年（Shishu Academy, Dhaka）を使用し、改訂《かいてい》版二〇〇〇年（Agami Prakashani, Dhaka）を参照した。

再びラリカルへ

それから、ラリカルはどうなったのだろう？　『花の香りで眠れない』が出版されてから十六年後の二〇〇一年、二月のはじめに、わたしは作者といっしょにラリカルへ向かった。

久しぶりに訪れたダッカはすさまじいほどの喧噪《けんそう》と活気に満ちあふれ、スラムなのか工事中なのかわからない瓦礫《がれき》の山があちこちにでき、交通渋滞《じゅうたい》はダッカ全域に広がっていた。乾季の土ぼこり、騒《そう》音《おん》と、十月総選挙を控えて波状的に行われていた政治・宗教がらみの強制的ストライキの間にやりくりして、ダッカを出、ブリゴンガ（オールド・ガンジス）河にかかる橋に達したときは、正直ほっとした。ここまで来ると、ようやく人の数も減ってきて、ドレッショリ河の有料の橋から見渡す中州の風景は、のどかな田園風景そのものだ。マワまで続いているこの舗装《ほそう》道路は、かつては雨季になると道路がみな水面下に入って、あたり一面海のようになったというが、今はよほどの洪水がないかぎり、冠水《かんすい》しない。コレラもなくなった。車で進むにつれ、あたり一面、この地でイリ（ＩＲＲＩ、国際稲《いね》研究所の略語）と呼ぶ高収量ボロ稲の田が広がり、一面に同じような田んぼが広がる日本の風景と似ている。このあたりの風景は一変してしまったのだ。むこうに低揚水ポンプで吹き上げられる水が陽光に輝いているのが見える。時折見える家の中には、波トタンだけではなく、モダンな建材を使っている山荘《さんそう》風の家も見え、時折新しいモスクが見える。旅行者の目には、この変化、人々の活気はこの一面にひろがるイリがもたらしたもののように見える。しかし話を聞いてゆくとそうではないようだ。イリは化学肥料を使うのでお金がかかるうえ、価格も統制されている。農薬により池の魚も目だって減ってしまったと言う。

イリの栽培《さいばい》により、このあたりに縦横に走っていた水路の多くはなくなった。乾季の道路は田園地帯はいいが、市街に入ると、もともと人や家畜が歩いていたような狭《せま》い道路なので物資を運ぶ大型車両がうまく交差できず、渋滞《じゅうたい》し、あたりにもうもうの砂ぼこりが立つ。水がある大きな水路すら水がよどんでかつてのようにうまく機能していない。

ダッカから車で一時間半ほどしてラリカルに入ると、すぐに市場があり、沼《ぬま》や河の魚が並べられていた。静かに横たわっているイリシュの横に、ナマズやドジョウ科の魚がうごめき、コイと呼ばれるキノボリ魚がざるの上にいながら活発に動いていた。この魚は小さめだが、カレーにすると身がしまっていてくせがなく、おいしい上等品だ。これらの魚を買って、やがて堤の上の道路の反対側に見えてきたアザド博士の屋敷《やしき》地に行き、カレーを作ってもらっている間に一回りする。

J・C・ボース・インスティテューションは一九二一年、ボースの信奉《しんぽう》者によって創設された。少し前までボース記念祭《メラー》が行われていたが、開会式には水資源相などが出席していた。ボースの名は今も威光を放っている。今の学校の建物は少し離れたところに新たにできたもので、かつての建物があったところは空き地になっている。テレビが普及した今、少年たちがホッケーに興じていた。ビビ池はすっかり小さくなってしまっている。J・C・ボースの父バグバン・チョンドロ・ボシュがこの地の副治安判事（正はイギリス人）として一時住んでいたことから、この地方の人たちはJ・C・ボースがここで生まれたと信じ、それを誇《ほこ》りにしている。彼は自分の遺産を学校教育に使い、宗教の別なく生徒を受け入れるよう、遺言《ゆいごん》したと言われ、それだけこの地にも恩恵をもたらしたのであろう。その家に、形ばかりの展示がなされていた。その横にある沐浴《もくよく》場は、その石組みなどから、昔はかなりりっぱなものだったとわかるが、池がよどんでしまっている。それでも新しく建てられた学校周辺の風景は、明治期の開明学校かいわいのような雰囲気《ふんいき》で、今もなお美しい。そこからそれほど離れていないラーマクリシュナ・ミッションは、入り口あたりは広いが、その地にかつての建物や花壇《かだん》はなく、今は簡素な家屋がいくつか建っている。神像があり、この周辺の信奉者たちによってまた運営されていると見える。

このあと、アリアル・ビルに向かった。途中、襲撃されたヒンドゥの館《やかた》があった。木々の間から見える館は、遠目からもかなりのものと見える。今はその廃屋《はいおく》にイスラム教徒が住み着いているという。

ジョドゥ・バブゥの館も荒れ果てていて、かつての面影《おもかげ》はなく、今は政府の管理下にあって、一部孤《こ》児《じ》の少年たちが住む施設として使われている。三十年もたっているのに荒れたままで、そこに人が住んでいるので、無気味な感じがする。広かった敷地《しきち》の中に民家がかなり入りこんできているとアザド博士は言った。

バッゴクルの市場に近いノンドラル・バブゥの屋敷も崩れ、トタンに囲まれて残っていた。あのジヨルディ亭《てい》があったが、天井《てんじょう》やその周囲にあった内部の装飾はすべて剥《は》ぎ取られている。なぜ、そこまで？と悲しくなってきた。このあたりはココヤシなどの大樹がうっそうとそびえ立っている。木々は人間の醜《みにく》く、愚《おろ》かな争いをじっと見ていたのだ。あるいは泣いていたかもしれない。この亭（クティル）の隣に二つ、男性を埋葬《まいそう》し、その上に建てられた小さいが、美しい寺院（マト）が二つあり、ガンジス河をのぞむこのあたりはヒンドゥの富裕層の墓廟《ぼびょう》を建てる聖域であったようだ。

バッゴクルのそばのボッダ河は中州がいくつもできて、河ははるか遠くに退いている。バグラやバッゴクルの周辺では、雨季になってももうあの『花の香りで眠れない』で見られたような広大なボッダ河とその荒々しい姿が間近に見られなくなっている。定期船が着くマワとダッカが幹線道路で結ばれ、『父ちゃんの思い出』にあるように焼き打ちされたバッゴクルはかつての美しさとにぎわいを失ってしまっているが、それでも市場は地元の人々でにぎわっていた。ほこりをかぶってすすけたように見える市場の中で、真っ白いタイルの目立つきれいなお菓子の店が一つ、二つあった。そうだ、今でもここは甘いお菓子の本場だったのだ。中に入ると、ショーウインドウの上に、ヴイヴェカーナンダやラーマクリシュナ、そしてヒンドゥ神の画像が飾られている。人の幼いときからの味覚は根強い。ムスリムの人たちが買いにきて談笑《だんしょう》している。アザド博士もおみやげにたっぷり買いこまれた。

アザド博士の屋敷地《やしき》はこのあたりに共通した土盛りの上にあり、木々に囲まれ、その周辺はいくつもの池がある独特の美しい景観を持つ。乾季の二月でもまだ十分水をたたえているので、ほこりっぽい感じがしない。昔は魚がたくさんいて、ほんとうにきれいだったというが、今でもなかなか美しい。低地のせいか、このあたりは母屋《おもや》が二階建てで、二階の収納部屋に大きなつぼ類がならんでいる。屋敷地内に野菜畑があるばかりでなく、家の入り口のそばに低い壁で囲ったお墓、屋敷地の奥に聖者のほこらもあり、一つの完結した世界をなしている。

この一帯、ビクロンプルの人たちの中に日本にいたことがあるという人が多いのに驚いた。わたしが泊《と》まっていたダッカのゲストハウスの経営者も『花の香りで眠れない』で地名が出てくるカンデイパラの出身の人だったが、そのほか、出会う人たちがロウホジョングだ、スリノゴルだ、ラリカルだと、ポッダ河周辺の地名を言う。どうやらわたしはこのビクロンプルの人たちが作っている網の中に入りこんだようだという気分がしてきた。このアザド博士宅でも日本に五年いたとか、十年いたという人たちが片言の日本語のあいさつをしてきた。アザド博士が、この地の活況はイリのためではなく、日本やフランスへ出稼《でかせ》ぎに行ってきた人たちによるものだというのもうなずけてきた。同じ出稼ぎでもアラブは賃金が安いという。日本での労働に制約があるということはあまり伝わっておらず、コネがあれば働き口があると思っている人が多い。もともと東ベンガルはかつてアッサムと並んでさまざまな天然資源の産地として知られ、また米、綿織物の交易で栄えた。東南アジア、西アジアとの交易がさかんで、国内をめぐる小商人までふくめ、男たちは長いこと故郷を留守にすることが多かった。出稼ぎはこうした伝統から来るこの地の人たちの気質に合っているのかもしれないし、マクロ的に見れば穀物自給を達成したと言える段階に来ているものの、農村そのものが豊かになったとは言えない状況がさらなる出稼ぎ、離村者を生み出しているようだ。

食事のあと、木陰《こかげ》で休んでいると、この地の宗教指導者らしき人が来た。あいさつのあと世間話からやがてアザド博士と議論になった。博士の、『女性《ナリ》』という小説は出してすぐ、当時のカレダ政権によって発禁処分になったことがある。また最近、ボーヴォワールの『第二の性』の翻訳《ほんやく》を出し、このときも一冊持ってきた。故郷の生んだ偉《えら》い人ではあるが、行きすぎではないかということらしい。それでもひとしきりしゃべった後、引き上げたところを見ると、来たと聞いた以上、いちおう示しをつけておかねばならないということなのか。

ラリカルを去る。帰路、おじいちゃんの家があったカマルガンあたりからマワに向かう周辺は今も同じく大樹がうっそうと茂《しげ》っている。竹林があり、マンゴーやココヤシ、バナナ、そのほかたくさんの果樹が次々と現れる。低い道路を行くと、上から木々がおおいかぶさってくるように思えるほどだ。乾季なので葉は砂をたくさんかぶっている。ナマズにでもなって樹海の中を進んでゆくような不思議な気分になった。

現在、バングラデシュの有力出版社である未来《アガミ》出版と専属契約《けいやく》を結んで、大学での学術的研究書のほかに、小説、随筆《ずいひつ》など精力的に書かれているアザド博士の作品の全容を記す能力はとうていない。しかし、同じく少年時代の生活について書いた小説がいくつかあるのを読んで、伝統的灌漑《かんがい》方法によるボロ稲《いね》を栽培《さいばい》していた家の風景が彼の文学の原点なのだと納得する。刈《か》り取った稲が次々と運びこまれる風景、東の池、家から表道をつなぐ道、父、母、年上の女性—これらはいちどこの『花の香りで眠れない』を訳してしまうと、そのままずっと入ってゆけるし、光と霧が交錯《こうさく》する池の周囲の描写《びょうしゃ》は同じように絵画的で美しい。ジュニア向けの『花の香りで眠れない』より人間関係はもう少し立ち入って描《えが》かれている。『ものみな崩れる』（一九九五）で「橋」について書かれた部分の「父」について少し引用してみよう。

「鉄橋というと、わたしの父さんのことを思い出す。今でもそうだ。父さんのことは成長したあとはほとんど考えたことがない。しかし、少年のころは、父さんこそがわたしの考えの大きな部分を占めていた。鉄橋のように。父さんは見るからに鉄橋のように巨大で、力があった。腰衣《こしぎぬ》と高価な上衣《うわぎぬ》を着けていた。いくぶん前かがみになって、歩いていたものだ。どこへ行くにも、その後ろにはうちの強い使用人がついていた。そのほか、いつも二、三人が脇《わき》につく。父さんにとってそばにいる連中は人ではなかった。おおかみや犬のように見ていた。しかしそうした人たちの顔からはなんら苦悩《くのう》の痕跡を読み取れなかった。父さんの顔にはある。あの人たちに苦悩を感じるほどの余力はなかったのだろう。父さんにはおそらくかける橋がなかったのだ。父さんのところに来る人たちは取るに足らぬ連中ばかりで、関係を築くことなんてありえないというように。父さんの顔を見て、橋をかけられない人間の苦悩を見て取った。幼いときにわたしは思ったものだ、わたしらすべてが水路の片側にいる。橋のたとえを思いついたのは、わたしの家のそばを大きな水路が流れていたからだ。だからもう一方の岸、むこう岸と、別のだれかと、別のたくさんの人との間に橋をかけることが必要なのだ。しかし父さんはどんな橋も築こうとしなかった。」

父さんの陰《かげ》で、その力に立ち向かおうとひそかに思いをこらした少年時代は、同時に、ベンガル語の近代詩のもつ魔力《まりょく》に取りつかれた時代だった。十九世紀から二十世紀初めにかけてベンガルの知的文化は高いレベルに達し、ここビクロンプルからも多くの著名人を輩出《はいしゅつ》した。タゴールの歌曲がアイルランドやスコットランドをはじめイギリス各地方のメロディーを取り入れ、進取の精神にあふれたものであったように、イギリス植民地時代に地位を高めたヒンドゥの上層部の文化は西洋と東洋の調和をめざし、精神性を重視したが、それを受容できたのは余裕のある階層だった。その多くがインド・パキスタンの分離独立によってこの地を離れることを余儀《よぎ》なくされたが、もともとヒンドゥ教徒の多住地帯であったこと、この地にJ・C・ボースの名を冠《かん》する学校が残って、ヒンドゥ教徒の教師が多かったことによりパキスタン時代にもまだその影響力が残っていた。近代教育を行う学校は、宗教のいかんをとわず、子弟の地位向上のために必要だった。アザド博士がこうした文化を享受《きょうじゅ》できたのもこの地の経済的余裕があった家の子弟だったためであろう。南アジアのように多様な価値観がせめぎ合っているところでは、幼いころにどのような教育を受けさせるかが重要な問題だと改めて感じさせられる。

訳者がバングラデシュ、というよりそれ以前、前近代の東ベンガルに関心を持ち始めたのは、東ベンガルの地に伝承されてきた数々の物語詩《ギティカ》に関心を持ち出してからだが、十七年前に初めてバングラデシュに行ったときに、児童《シシュ》アカデミーで出版されたばかりのこの『花の香りで眠れない』を手にして現代文学にも興味をもった。おもしろいとは思ったものの、ジュニア向けとはいえ、民俗的描写《びょうしゃ》の多いこの作品は当時、訳すには難しく、またいろいろな事情も手伝って、いつかと思いつつ、全訳に取りかかるのに十六年もたってしまった。幸いなことに、八〇年代後半から九〇年代に、バングラデシュに関する本が相次いで刊行されるようになり、最近はeメールによって著者に質問できるようにもなった。十四年前に刊行した同人誌『遡河』に一部分掲載《けいさい》したが、今回誤訳の個所を改めている。ちなみに、その同人誌に『遡河』のタイトルをつけたのも、『花の香りで眠れない』での遡河魚《そが》イリシュの記述から拝借したものだった。またそのときの旅で、雨季に増水した河の岸辺で大勢の人が大きな船を曳《ひ》いているのを見て、今でもこういうことをしているのか、まるでヴォルガの舟歌のようだ!と強い印象を受けたことから来ている。

ところが、今度の旅でもまた、アザド博士とポッダ河の岸辺で船曳き人を見た。今度は二人でそれほど大きくない荷船を曳いている。水が少ないのでオールが使えず、一人が長い棹《さお》を使い、岸辺でも人力で曳いているのだ。以前見たときのような大勢ではなく、二人なので、ずいぶん孤独《こどく》で重労働の感じがした。それを見ていたら、同じくそれを見ているアザド博士も船曳き人のように思えてきた。流れに逆らって船を遡上《そじょう》させても、あっという間に大勢に押し流されてしまいそうな世相の中で、書くという営為《ごうたん》がどれだけの力を持ちうるか。持続できるか。こうした中で鍛《きた》えられたのか、聞いていたより豪胆な人という印象を受けた。またヘビースモーカーでもある。時折咳《せ》きこむので心配になって、「わたしの夫は心臓発作をおこしてからタバコをやめたのですよ」と言うと、大笑いされた。書きつづける以上、そう簡単にはやめられないのか。最近のダッカは大気汚染が深刻で、タバコのせいだけではないかもしれない。日本文学にも関心を持ち、「窓ぎわのトットちゃん」の英訳を読んでいたし、三島由紀夫が好きで、川端文学は関心がないとのこと。

バングラデシュは今、出版ブームと言える活況にある。海外などで働いて資金をため、また技術を持ち帰って詩や小説の私費出版をする人が出版界を大きく変えている。毎年二月にバングラ・アカデミーの構内でブック・フェアが開かれるが、その時もたくさんの書店のストールが所狭《せま》しと並び、著者と読者たちが交歓しあっていた。最近はこうした本の装丁《そうてい》、印刷は先進国に近づいていて、つい十五、六年前とは大きく様変わりしている。現在こうした出版文化を享受《きょうじゅ》できる人たちはまだ少ないが、教育の普及により潜在層が掘り起こされるだろう。グローバル化という世界の現実があるからこそ、国や宗教を越えた個の確立が必要であり、そうした社会こそ平和や経済発展を生み出す基《もとい》となるのだと思いたい。この訪問から二年近くの間にバングラデシュの状況は大きく変わりつつあるが作品の内容に何ら影響はない。最貧国としてのイメージが定着しているために、こうした文学作品が日本では同人誌で以外紹介されてこなかったが、著者フマユン・アザド博士をはじめ、東ベンガル文学の翻訳《ほんやく》にお世話になってきたS・K・チョウドゥリ先生、『遡河』同人のかたがたほか、多くのベンガル人のかたがたのお世話になって、ようやくこの書の出版にこぎつけられたのはたいへんうれしい。より良い翻訳出版が続くことを願って筆を置く次第である。

二〇〇二年十二月

作者
フマユン・アザド
一九四七年四月、ピクロンプルのラリカル村で生まれる。少年時代はサー・J・C・ボース・インスティチューションで学び、のち、ダッカのカレッジ、ダッカ大学を経、エディンバラ大学にて博士号を取得（言語学)。現在ダッカ大学教授。
言語学者としての教育研究のかたわら、作家活動を行っている。
『五万六千平方マイル』『疑惑』『女性』ほか多数。
社会の深層部に鋭いメスを入れる著作、評論に定評がある。

訳者
鈴木喜久子（すずき　きくこ）
一九四五年四月、疎開先の滋賀県で生まれる。一九六八年、勤務先の東京外国語大学アジア・アフリカ言語文化研究所にてベンガル語の講習を受けて以来、ベンガル文化に関心をもち、一九八八年に同人誌『遡河』を発行し、東ベンガルの古い歌謡やバングラデシュの現代小説など、文化の紹介をしてきた。
早稲田大学修士課程修了。現在はフリーで異文化間交易に関心をもっている。

表紙絵	ショモル・モジュムダール（『花の香りで眠れない』改訂版より）	
挿絵	『花の香りで眠れない』	ロフイクン・ノビ（初版より）
	『父ちゃんの思い出』	ソイエド・イクバル（初版より）

花の香りで眠れない

発行日　二〇〇三年二月十二日　初版第一刷発行

著　者　フマユン・アザド

訳　者　鈴木喜久子

発行者　佐相美佐枝

発行所　株式会社てらいんく

〒二二〇-〇〇〇三　横浜市西区楠町一-三

TEL　〇四五-四一〇-二一七八

FAX　〇四五-四一〇-二一七九

振替　〇〇二五〇-〇-八五四七二

印刷所　ダイトー

ISBN4-925108-27-1 C0036